O ÚNICO E ETERNO REI - VOLUME II

A RAINHA DO AR E DAS SOMBRAS

O ÚNICO E ETERNO REI - VOLUME II

A RAINHA DO AR E DAS SOMBRAS

T . H. WHITE

Tradução de Maria José Silveira

Hamelin

Título original: *The Queen of Air and Darkness*

Edição brasileira

Diretor editorial *Pedro Almeida*
Coordenadora de produto *Daniella Tucci*
Editor-assistente *André Fonseca*
Tradução *Maria José Silveira*
Preparação *Andréia Moroni*
Revisão *Milse Conte e Rinaldo Milesi*
Capa e projeto gráfico *Osmane Garcia Filho*
Ilustração de capa *André BDois*
Ilustrações de miolo *Erica Guilane-Nachez / Alexey Pavluts / Fotolia.com*

Dados Internacionais de Catalogação na Publicação (CIP)
(Câmara Brasileira do Livro, SP, Brasil)

White, T. H., 1906-1964
A rainha do ar e das sombras / T. H. White ; tradução de Maria José Silveira – São Paulo: Hamelyn, 2013.

Título original: The Queen of Air and Darkness
ISBN: 978-85-8186-111-1

1. Ficção. 2. Arthur, rei. 3. Romances Arturianos. 4. Fantasia. 5. Cavaleiros e cavalaria I. Título.

03-5699 CDD-028.5

Índice para catálogo sistemático:

1.Arthur, Rei: Litaratura infanto juvenil 028.5

Hamelin é um selo da Editora Lafonte criado para abrigar os livros de desenvolvimento pessoal e negócios.

1ª edição brasileira: 2013
Direitos de edição em língua portuguesa, para o Brasil, adquiridos por Editora Lafonte Ltda.

Av. Profa. Ida Kolb, 551 – 3º andar – São Paulo – SP – CEP 02518-000
Tel.: 55 11 3855-2294 / Fax: 55 11 3855-2280
atendimento@editoralafonte.com.br • www.editoralafonte.com.br

SUMÁRIO

INCIPIT LIBER SECUNDUS

Quando estarei morto e livre
Dos erros cometidos por meu pai?
Quanto tempo, quanto tempo, até a espada e o féretro
Adormecerem a maldição de minha mãe?

1

Havia uma torre redonda com um catavento. O catavento tinha a forma de um corvo, com uma flecha no bico para indicar a direção do vento.

No alto da torre havia um quarto circular, curiosamente sem conforto. Tinha correntes de ar. Havia um cubículo no canto leste com um buraco no piso. Esse buraco controlava as portas exteriores da torre, das quais havia duas, e por ele as pessoas podiam jogar pedras se estivessem sitiadas. Infelizmente o vento costumava passar pelo buraco e pelas seteiras sem vidro e subir pela chaminé — a menos que estivesse ventando do outro lado e, nesse caso, ia para baixo. Era como um túnel de vento. O segundo inconveniente era o quarto estar cheio de fumaça de turfa, não de seu próprio lume, mas do lume do quarto de baixo. O complicado sistema de ventilação sugava a fumaça pela chaminé. As paredes de pedra suavam com a temperatura úmida. A própria mobília era desconfortável. Consistia apenas de montes de pedras — que eram boas para serem jogadas pelo buraco — ao lado de algumas bestas genovesas enferrujadas com suas flechas e um monte de turfa para o fogo que não fora aceso. As quatro crianças não tinham camas. Se o quarto fosse quadrado, elas poderiam ter uma cama de fechar, mas, do jeito que era, tinham que dormir no chão — onde se cobriam com palhas e mantas de lã escocesa da melhor maneira que podiam.

Com as mantas, os meninos tinham erguido uma tenda improvisada sobre suas cabeças e estavam deitados bem juntos debaixo dela, contando uma história. Podiam ouvir a mãe atiçando o fogo no quarto de baixo, o que as fazia sussurrarem, temendo que ela pudesse escutá-los. Não que tivessem medo de apanhar se ela subisse até lá. Eles a adoravam completamente e sem críticas, porque o caráter dela era mais forte do que o deles. Nem tinham sido proibidos de conversar depois de hora de ir para cama. Era mais como se ela os tivesse criado — talvez por indiferença ou por preguiça ou mesmo por algum tipo de crueldade possessiva — com uma noção imperfeita do certo e do errado. Era como se nunca pudessem saber quando estavam sendo bons ou quando estavam sendo maus.

Eles estavam sussurrando em gaélico. Ou melhor, estavam sussurrando em uma estranha mistura de gaélico com a antiga língua da Cavalaria — que lhes fora ensinada porque precisariam dela quando crescessem. Conheciam pouco o inglês. Anos mais tarde, quando se tornassem cavaleiros famosos na corte do grande rei, falariam inglês perfeitamente — todos eles, exceto Gawaine, que, como líder do clã, faria questão de manter o sotaque escocês de propósito, para mostrar que não se envergonhava de sua origem.

Gawaine contava a história porque era o mais velho. Estavam deitados juntos, como estranhas rãs, magrinhas e misteriosas, os corpos bem-feitos e prontos para se completarem e fortalecerem assim que lhes fosse dada uma nutrição decente. Tinham cabelos claros. Os de Gawaine eram bem ruivos e os de Gareth mais claros que a palha. Tinham entre dez e quatorze anos de idade, e Gareth era o mais novo dos quatro. Gaheris era uma criança apática. Agravaine, que vinha depois de Gawaine, era o brigão da família — matreiro e inclinado ao choro, temia a dor. Isso porque tinha grande imaginação e usava a cabeça mais do que os outros.

— Muito tempo atrás, meus heróis — Gawaine contava —, antes de termos nascido ou sermos sequer pensados, havia uma formosa avó em nosso futuro, chamada Igraine.

— É a Condessa da Cornualha — disse Agravaine.

— Nossa avó é a Condessa da Cornualha — Gawaine concordou — e o cruel rei da Inglaterra se apaixonou por ela.

— O nome dele era Uther Pendragon — disse Agravaine.

— Quem está contando a história? — Gareth perguntou, chateado. — Cala a boca.

— O Rei Uther Pendragon — continuou Gawaine — mandou chamar o Conde e a Condessa da Cornualha...

— Nosso avô e nossa avó — disse Gaheris.

— ...e declarou que os dois deveriam ficar com ele em sua casa na Torre de Londres. Então, quando eles estavam lá dentro com ele, ele pediu para nossa avó se tornar sua mulher e não ficar de jeito nenhum com o vovô. Mas a casta e formosa Condessa da Cornualha...

— Vovó — disse Gaheris.

Gareth exclamou:

— Maldição! Não dá mesmo para nos deixar em paz?

Houve uma discussão abafada, pontuada por chiados, socos e queixas.

— A casta e formosa Condessa da Cornualha — retomou Gawaine — rejeitou as propostas amorosas do Rei Uther Pendragon e contou a nosso avô o que acontecera. Ela disse: "Acredito que fomos chamados aqui para que eu fosse desonrada. Portanto, meu esposo, aconselho que partamos imediatamente, que viajemos a noite toda até chegar a nosso próprio castelo". Assim, eles fugiram da fortificação do rei no meio da noite...

— Na escuridão da noite... — corrigiu Gareth.

— ...quando todas as pessoas da casa tinham ido dormir, então, à luz de uma lanterna furtiva, eles selaram seus bravos corcéis saltitantes, de olhos de fogo, pés de vento, simétricos, beiços grandes, cabeças pequenas e partiram para a Cornualha, tão velozes quanto podiam.

— Foi uma jornada terrível — disse Gaheris.

— Eles mataram os cavalos que cavalgavam — disse Agravaine.

— Isso eles não fizeram — disse Gareth. — Vovô e vovó não cavalgariam nenhum cavalo até matá-los.

— Eles os mataram? — perguntou Gaheris.

— Não, não mataram — disse Gawaine, depois de pensar um pouco. — Mas por pouco.

Continuou a história.

— De manhã, quando o Rei Uther Pendragon soube o que ocorrera, ficou assustadoramente furioso.

— Cruelmente furioso — sugeriu Gareth.

— Assustadoramente furioso — repetiu Gawaine. — O Rei Uther Pendragon ficou assustadoramente furioso e disse: "Hei de ter a cabeça daquele Conde da Cornualha em uma bandeja de torta, por meu santuário!". Então, ele enviou uma carta a nosso avô na qual lhe dizia para se abastecer e se fortificar, pois em quarenta dias ia expulsá-lo do castelo mais forte que tivesse!

— Ele tinha dois castelos — Gawaine disse, orgulhoso. — Eram o Castelo Tintagil e o Castelo Terrabil.

— Assim, o Conde da Cornualha levou nossa avó para Tintagil, e ele mesmo foi para Terrabil, e o Rei Uther Pendragon foi sitiá-lo.

— E lá — Gareth gritou, incapaz de se conter — o rei ergueu muitos pavilhões, e houve uma grande guerra entre ambas as partes, e muitas pessoas morreram!

— Mil? — sugeriu Gaheris.

— No mínimo duas mil — disse Agravaine. — Nós, gaélicos, não mataríamos menos que duas mil. Na verdade, provavelmente foi um milhão.

— Então, quando nosso avô e avó estavam vencendo os cercos, e parecia que o Rei Uther seria completamente derrotado, apareceu um mago perverso chamado Merlin...

— Um nigromante — disse Gareth.

— E esse nigromante, nem dá para acreditar, por meio de suas artes infernais conseguiu pôr o traiçoeiro Uther Pendragon dentro do castelo da vovó. Vovô imediatamente fez uma retirada de Terrabil, mas foi morto na batalha...

— Traiçoeiramente.

— E a pobre Condessa da Cornualha...

— A casta e formosa Igraine...

— Nossa avó...

— ...foi feita prisioneira pelo desalmado sulista inglês, o desleal Rei do Dragão e depois, embora ela já tivesse três filhas encantadoras, diga-se o que quiser...

— As três encantadoras Irmãs da Cornualha.

— Tia Elaine.

— Tia Morgana.

— E mamãe.

— E embora já tivesse essas encantadoras filhas, ela foi forçada a se casar com o rei da Inglaterra, o homem que matou seu esposo!

Em silêncio, eles refletiram sobre a enorme perversidade inglesa, esmagados por seu desfecho. Era a história favorita da mãe deles, nas raras ocasiões em que se dava ao trabalho de lhes contar alguma, e eles a sabiam de cor. Finalmente, Agravaine citou um provérbio gaélico, que a mãe também lhes ensinara:

— Quatro coisas em que um lothiano* não pode confiar: chifre de vaca, pata de cavalo, rosnado de cachorro e risada de inglês — sussurrou.

Os quatro mexeram-se na palha, inquietos, escutando um movimento misterioso no quarto de baixo.

O quarto de baixo dos contadores de história estava iluminado por uma única vela e pela luz cor de açafrão do lume de turfa. Era um quarto pobre, para ser da realeza mas, pelo menos, tinha uma cama — a grande cama de quatro colunas e dossel que era usada como trono durante o dia. Um caldeirão de ferro com três pernas fervia sobre o fogo. A vela estava frente a uma lâmina de bronze polido, que servia de espelho. Havia dois seres vivos no quarto, uma rainha e um gato. Ambos tinham cabelos pretos e olhos azuis.

O gato preto deitava-se de lado à luz do fogo como se estivesse morto. Isso porque suas pernas estavam amarradas juntas, como as de um cervo que vai ser carregado para casa, depois da caçada. Desistira de ten-

* De Lothian, o reino do Rei Lot: antigamente, uma região da Escócia. [N. T.]

tar se desvencilhar e agora estava deitado, olhando o fogo pela ranhura dos olhos, com os flancos arfando, curiosamente resignado. Ou então estava exausto — pois os animais sabem quando se aproximam do fim. Diante da morte, a maioria deles tem uma dignidade recusada aos seres humanos. Esse gato, com as pequenas chamas dançando em seus olhos oblíquos, talvez estivesse vendo o desfile de suas oito vidas anteriores, revendo-as com estoicismo animal, para além da esperança ou medo.

A rainha pegou o gato. Estava tentando um feitiço muito conhecido, para se divertir ou para passar o tempo de alguma maneira, enquanto os homens estavam longe, na guerra. Tratava-se de um método de se tornar invisível. Ela não era uma feiticeira séria como sua irmã Morgana Le Fay — tinha uma cabeça muito leviana para levar qualquer grande arte a sério, ainda que fosse a negra. Fazia isso porque as pequenas magias corriam em seu sangue — como acontecia com todas as mulheres de sua raça.

Na água fervente, o gato teve convulsões horríveis e deu um grito assustador. Seu pêlo molhado boiava no vapor, reluzindo como o flanco de uma baleia lanceada, quando ele tentava pular ou nadar com os pés atados. Sua boca se abriu de maneira hedionda, mostrando toda a goela rosa e os dentes brancos de gato, afiados como espinhos. Depois do primeiro berro não foi mais capaz de articular, apenas arreganhou as mandíbulas. Logo estava morto.

A Rainha Morgause de Lothian e das Órcades sentou-se ao lado do caldeirão e esperou. De vez em quando, mexia o gato com uma colher de madeira. O fedor da pele fervida começou a encher o quarto. Um observador teria visto, à luz benévola da turfa, que criatura refinada a rainha parecia essa noite: os grandes olhos profundos, o cabelo cintilando com brilho negro, o corpo bem-feito e o vago ar de vigilância ao escutar os sussurros no quarto acima.

Gawaine disse:

— Vingança!

— Eles não haviam feito nenhum mal ao Rei Pendragon.

— Só queriam ser deixados em paz.

Era a injustiça do rapto de sua avó da Cornualha que feria Gareth — a imagem de pessoas fracas e inocentes vitimadas por uma tirania impossível de resistir — a velha tirania dos inimigos —, que era sentida como um mal pessoal por todo lavrador das Ilhas. Gareth era um menino generoso. Odiava a ideia da força contra a fraqueza. Isso fazia seu coração dilatar-se como se fosse sufocar. Gawaine, por outro lado, tinha raiva porque era um ato cometido contra sua família. Não achava errado a força abrir seu caminho, mas apenas que era profundamente errado qualquer coisa acontecer contra o seu próprio clã. Não era nem inteligente nem sensível, mas era leal — obstinadamente algumas vezes, e até de maneira irritante e estúpida mais tarde na vida. Para ele, então, era como sempre haveria de ser: que vivam as Órcades, com razão ou sem ela. O terceiro irmão, Agravaine, ficava emocionado porque era um assunto que se referia a sua mãe. Ele tinha sentimentos curiosos em relação a ela, os quais guardava para si. Quanto a Gaheris, ele fazia e sentia o que os outros faziam e sentiam.

O gato se desfez em pedaços. A longa fervura despedaçou sua carne até que nada restasse no caldeirão exceto uma escuma grossa de pêlo e gordura e pedaços de carne. Por baixo, os ossos brancos giravam no redemoinho da água, os pesados mais no fundo e as membranas leves levantando-se graciosamente, como folhas ao vento do outono. A rainha, franzindo levemente o nariz pelo mau cheiro do denso cozido sem sal, coou o líquido para uma segunda panela. No fundo do coador de flanela restou um sedimento de gato, uma massa empapada de pêlos emaranhados e pedaços de carne e ossos finos. Ela soprou no sedimento e começou a revolvê-lo com o cabo da colher, levantando-o para deixar passar o calor. Logo pôde pegá-lo com os dedos.

A rainha sabia que todo gato preto puro possuía um determinado osso que, se fosse colocado na boca depois de cozido o gato vivo, era capaz de tornar a pessoa invisível. Mas ninguém sabia exatamente, mesmo naqueles tempos, qual era esse osso. Por isso a magia tinha que ser feita em frente a um espelho, para que o osso certo pudesse ser encontrado por experimentação.

Não que Morgause achasse graça na invisibilidade — na verdade, ela a teria detestado, porque era linda. Mas os homens estavam fora. Era algo para passar o tempo, um feitiço fácil e bem conhecido. Além disso, era um pretexto para se demorar frente ao espelho.

A rainha raspou as sobras do gato em dois montes, um deles uma pilha caprichada de ossos mornos, o outro uma miscelânea informe que exalava um vaporzinho. Depois, escolheu um dos ossos e o levou até os lábios vermelhos, erguendo o dedo mindinho. Segurou-o entre os dentes e ficou parada em frente ao bronze polido, olhando-se com indolente prazer. Atirou o osso no fogo e pegou outro.

Ninguém estava ali para vê-la. Era estranho, nessas circunstâncias, a maneira como ela se virava e tornava a virar, do espelho até a pilha de ossos, sempre colocando um osso na boca e se olhando no espelho para ver se desaparecera, logo a seguir jogando o osso fora. Movia-se tão graciosamente, como se estivesse dançando, como se realmente alguém estivesse observando-a ou como se fosse suficiente ela mesma se ver.

Por fim, mas antes de ter testado todos os ossos, perdeu o interesse. Atirou os últimos no chão, sem paciência, e jogou os restos da bagunça pela janela, sem se importar com o lugar onde caíssem. Em seguida, abafou o fogo, estendeu-se na grande cama com um movimento estranho e lá ficou, na escuridão, durante um longo tempo sem dormir — seu corpo movendo-se, desgostoso.

— E esta, meus heróis — concluiu Gawaine —, é a razão pela qual nós da Cornualha e das Órcades devemos ser contra os reis da Inglaterra, para sempre, e mais ainda contra o clã Mac Pendragon.

— Foi por isso que nosso pai foi lutar contra esse tal Rei Arthur, seja ele quem for, pois Arthur é um Pendragon. Nossa mãe falou.

— E nós devemos manter nosso feudo vivo para sempre — disse Agravaine —, porque mamãe é uma Cornualha. Lady Igraine é nossa avó.

— Devemos vingar nossa família.

— Porque mamãe é a mulher mais bonita do mundo das serranias altas, extensas, importantes e prazerosamente mutantes.

— E porque nós a amamos.

Realmente, eles a amavam. Talvez todos nós sejamos assim: damos a melhor parte de nossos corações, sem crítica, àqueles que, em troca, mal pensam em nós.

2

Nas ameias de seu castelo em Camelot, durante um intervalo de paz entre as duas Guerras Gaélicas, o jovem rei da Inglaterra estava em pé com seu tutor, olhando ao longe as vastidões púrpuras do entardecer. Uma luz suave inundava a terra abaixo, e o rio vagaroso serpenteava entre a abadia venerável e o castelo imponente, enquanto a água flamejante ao pôr do sol refletia pontas e torreões e bandeirolas suspensas, imóveis, no ar tranquilo.

O mundo estendia-se frente aos dois observadores como um brinquedo, pois eles estavam na torre alta que dominava a cidade. A seus pés, podiam ver a relva que ia até a muralha exterior — era horrível olhá-la assim de cima —, e a pequena figura de um homem, com dois baldes em uma canga, indo em direção à casa dos animais. Eles podiam ver, mais além da casa da ponte levadiça, para onde não era tão horrível olhar porque não estava verticalmente abaixo, o guarda da noite assumindo o posto do sargento. Batiam os calcanhares e faziam continências e apresentavam armas e trocavam as senhas tão festivamente como repique de sinos — mas para os dois era como se tudo estivesse sendo feito em silêncio, pois estavam muito longe. Pareciam soldadinhos de chumbo, os pequenos guardas, e não se escutavam suas passadas sobre o gramado luxuriante mordiscado pelas ovelhas. Mais além, fora dos muros da fortaleza, havia o ruído distante de velhas viúvas pechinchando, e pirralhos gritando em embates corporais, e alguns bodes soltos por ali, e dois ou três leprosos com capuzes brancos tocando as campainhas enquanto caminhavam, e o ruge-ruge dos hábitos das freiras que bondosamente visitavam os pobres, duas a duas, e uma discussão acontecendo entre alguns senhores interessados em cavalos. Do outro lado do rio, que corria diretamente por baixo das muralhas do castelo, havia um homem lavrando o campo, com seu arado amarrado ao rabo do cavalo. O arado de madeira gemia. Perto dele, uma pessoa em silêncio pescava salmão com minhocas — os rios não eram poluídos naqueles tempos — e, mais além, um asno dava seu concerto musical ao cair da noite. Todos esses ruídos chegavam muito fracos aos dois na torre, como se eles estivessem escutando pelo lado contrário de um megafone.

Arthur era um homem jovem, no começo da vida. Tinha belos cabelos, mas um rosto ingênuo, ou de alguma maneira carente de malícia. Era um rosto aberto, com olhos gentis e uma expressão confiável ou leal, como a de um bom aprendiz que desfruta o fato de estar vivo e não acredita no pecado original. Para começar, nunca tinha sido tratado de maneira injusta, portanto, era gentil com as outras pessoas.

O rei estava vestido com um manto de veludo que pertencera a Uther, o Conquistador, seu pai, adornado com as barbas dos quatorze reis vencidos nos tempos antigos. Infelizmente, alguns desses reis tinham barbas vermelhas, outros pretas, alguns grisalhas, e também o comprimento de suas barbas era desigual. A guarnição parecia uma serpente emplumada. Os bigodes estavam pregados ao redor dos botões.

Merlin tinha uma barba branca que chegava até a cintura, óculos com aros de chifre e um chapéu cônico. Ele o usava em homenagem aos servos saxões do país, cujo barrete nacional era ou um tipo de touca de mergulho, ou o barrete frígio, ou então esse cone de palha.

Os dois falavam de vez em quando, conforme as palavras lhes chegavam, entre os encantos dos ruídos do entardecer.

— Bem — disse Arthur —, devo reconhecer que é bom ser rei. Foi uma batalha excelente.

— Acha?

— Claro que foi excelente. Lembra-se do jeito que Lot das Órcades correu, quando comecei a usar Excalibur?

— Primeiro, ele o derrubou.

— Isso não foi nada. Eu ainda não estava usando Excalibur. Assim que desembainhei minha fiel espada, eles correram como coelhos.

— Virão de novo — disse o mágico —, todos os seis. Os reis das Órcades, de Carloth, de Gore, da Escócia, da Torre e os Cem Cavaleiros de fato já começaram a formar a Confederação Gaélica. Você deve se lembrar que seu direito ao trono não é nada convencional.

— Deixe que venham — respondeu o rei. — Não me importo. Da próxima vez, eu os vencerei completamente e então veremos quem é que manda.

O velho enfiou a barba na boca e começou a mastigá-la, como geralmente fazia quando ficava perturbado. Mordeu um cabelo que ficou preso entre dois dentes. Tentou tirá-lo com a língua, depois puxou-o com os dedos. Por fim, começou a enrolar a barba em duas pontas.

— Suponho que um dia você aprenderá — ele disse. — Mas Deus sabe que é de cortar o coração, um trabalho penoso.

— É?

— É? — exclamou Merlin colérico. — É? É? É? Isto é tudo que você consegue dizer. É? É? É? Como um menino de escola.

— Acabo cortando sua cabeça se não for mais cuidadoso.

— Corte-a. Seria uma boa coisa se o fizesse. Pelo menos eu não teria que continuar sendo seu tutor.

Arthur tirou o cotovelo da ameia e olhou para o velho amigo.

— Qual é o problema, Merlin? — perguntou. — Estou fazendo alguma coisa errada? Se estiver, lamento muito.

O mago desenrolou sua barba e suspirou.

— Não é tanto o que você está fazendo — ele disse. — É como você está pensando. Se tem uma coisa que não consigo suportar é estupidez. Sempre digo que a estupidez é o Pecado contra o Espírito Sagrado.

— Sei que você diz.

— Agora você está sendo sarcástico.

O rei o pegou pelo ombro e girou-o:

— Diga — pediu —, o que está errado? Você está de mau humor? Se fiz algo estúpido, me diga. Não fique irritado.

Isso teve o efeito de deixar o velho nigromante ainda mais enraivecido que antes.

— Dizer a você! — exclamou. — E o que vai acontecer quando não tiver ninguém para lhe dizer? Você nunca vai pensar por si mesmo? O que vai acontecer quando eu estiver fechado naquele meu desgraçado túmulo, posso saber?

— Eu não sabia que havia um túmulo nessa história.

— Ah, esqueça o túmulo! Que túmulo? Do que estou falando, afinal?

— Da estupidez — disse Arthur. — Era da estupidez que você estava falando quando começou.

— Exatamente.

— Bem, não é suficiente dizer "exatamente". Você ia dizer algo sobre isso.

— Não sei mais o que ia dizer sobre isso. Você deixa a pessoa tão transtornada com seus issos e aquilos que, tenho certeza, depois de dois minutos com você, ninguém sabe mais do que estava falando. Sobre o que começamos a falar?

— Começamos a falar sobre a batalha.

— Agora me lembro — disse Merlin. — Foi justamente aí que começamos.

— Eu disse que tinha sido uma boa batalha.

— Eu me recordo.

— Bem, foi uma boa batalha — ele repetiu, na defensiva. — Foi uma batalha divertida, e eu venci, e foi boa.

Os olhos do mago velaram-se como os de um abutre, enquanto ele desaparecia dentro de sua mente. Houve silêncio nas ameias por vários minutos, enquanto um casal de falcões-peregrinos, que foram soltos para procurar comida no campo próximo, voou sobre suas cabeças numa caçada brincalhona, gritando qui-qui-qui, suas campainhas tocando. Merlin deixou seus olhos outra vez olharem para fora.

— Foi esperto de sua parte vencer a batalha — ele disse lentamente.

Arthur aprendera que devia ser modesto, mas era demasiado ingênuo para perceber que o abutre ia atacar.

— Ah, bem. Foi sorte.

— Muito esperto — Merlin repetiu. — Quantos de seus solados de infantaria morreram?

— Não me lembro.

— Não?

— Kay disse...

O rei parou no meio da frase e olhou para ele.

— Bem — disse. — Não foi divertido, então. Eu não havia pensado nisso.

— Calcularam mais de setecentos. Eram todos soldados a pé evidentemente. Nenhum dos cavaleiros se machucou, exceto o que quebrou a perna ao cair do cavalo.

Quando viu que Arthur não responderia, o velho continuou com uma voz mais amarga.

— Estava me esquecendo — acrescentou — que você teve alguns machucados bastante desagradáveis.

Arthur examinou as unhas.

— Detesto quando você fica pedante.

Merlin ficou encantado.

— Este é o espírito da coisa — disse, tomando o braço do rei e sorrindo contente. — É assim que deve ser. Defenda-se a si mesmo, é o que precisa fazer. Pedir conselho é uma coisa fatal. Além disso, logo não estarei aqui para lhe aconselhar.

— O que é isso que você fica falando, isso de que não vai estar aqui, e o tal túmulo e coisas assim?

— Não é nada. Dentro de algum tempo, estou destinado a me apaixonar por uma moça chamada Nimue, e então ela irá aprender meus feitiços e vai me trancar em uma caverna por vários séculos. É uma das coisas que acontecerão.

— Mas, Merlin, que horrível! Ficar preso em uma caverna por séculos como um sapo num buraco! Temos que fazer alguma coisa sobre isso.

— Besteira — respondeu o mago. — Sobre o que mesmo eu estava falando?

— Sobre essa moça...

— Eu estava falando sobre conselhos, e como você nunca deve aceitá-los. Bom, vou lhe dar alguns agora. Eu lhe aconselho a pensar sobre batalhas, e sobre seu reino de Gramarye, e sobre o tipo de coisas que um rei deve fazer. Você pensará sobre isso?

— Sim. Claro que pensarei. Mas sobre essa moça que aprende os feitiços...

— Veja, este é um problema do povo tanto quanto dos reis. Quando você disse que a batalha tinha sido divertida, estava pensando como seu pai. Quero que você pense como você mesmo, para que seja um motivo de honra toda essa educação que tenho lhe dado... mais tarde, quando eu for apenas um velho preso em um buraco.

— Merlin!

— Ora, ora! Estava brincando para ter sua compaixão. Não importa. Disse isso para causar efeito. Para falar a verdade, será interessante ter um descanso por alguns séculos e, quanto a Nimue, faz um bom tempo que estou esperando por ela. Não, não, a coisa importante é essa questão de pensar-por-você-mesmo e a questão das batalhas. Você já pensou seriamente sobre a situação do seu país, por exemplo, ou vai passar toda sua vida como Uther Pendragon? Afinal, você é o rei deste lugar.

— Não pensei muito a respeito.

— Não, não pensou. Então, deixa-me pensar um pouco por você. Suponha que pensemos sobre seu amigo gaélico, Sir Bruce Sans Pitié.

— Aquele sujeito!

— Exatamente. E por que você fala dele assim?

— Ele é um porco. Sai matando donzelas e, assim que um cavaleiro de verdade aparece para salvá-las, ele foge a galope o mais rápido que pode. Ele cria cavalos especialmente velozes para que ninguém possa alcançá-lo e apunhala as pessoas pelas costas. É um saqueador. Eu o mataria assim que o agarrasse.

— Bem — disse Merlin —, não o acho muito diferente dos outros. O que significa toda essa Cavalaria, na verdade? Significa ser rico o bastante para ter um castelo e uma armadura, e então, de posse deles, subjulgar o povo saxão. O único risco que se corre é sair um pouco machucado se acontecer de encontrar outro cavaleiro pela frente. Lembra-se daquele torneio que você assistiu entre Pellinore e Grummore, quando era menino? É a armadura que faz isso. Todos os barões podem fatiar as pessoas pobres tanto quanto quiserem, é um dia de trabalho ferir um ao outro, e o resultado é que este país está devastado. A Força é o Direito, este é o lema. Bruce Sans Pitié é apenas um exemplo da situação geral. Veja Lot e Nentres e Uriens e todos da quadrilha gaélica lutando contra você pelo reino. Admito que tirar espadas de pedras não é uma prova legal de paternidade, mas os reis dos Antigos não estão lutando contra você por causa disso.

Rebelaram-se, embora você seja o soberano feudal, simplesmente porque o trono está inseguro. As dificuldades da Inglaterra, costumamos dizer, são as oportunidades da Irlanda. Esta é a chance que eles têm de ajustar as contas raciais, fazer correr um pouco de sangue por esporte e ganhar algum dinheiro com os resgates. Essa turbulência nada custa a eles mesmos porque estão vestidos com suas armaduras — e você também parece se divertir com isso. Mas veja como está o país. Veja os celeiros queimados, as pernas dos mortos boiando nos charcos, os cavalos de barrigas inchadas à beira dos caminhos, moinhos caindo, dinheiro enterrado e ninguém ousando sair de casa com ouro ou ornamentos nas roupas. Isso é a Cavalaria, atualmente. Esta é a marca de Uther Pendragon. E você ainda vem dizer que a batalha foi divertida!

— Eu estava pensando em mim mesmo.

— Eu sei.

— Eu deveria ter pensado nas pessoas que não tinham armaduras.

— Exato.

— A Força não é o Direito, é, Merlin?

— Ahá! — respondeu o mago, abrindo um grande sorriso. — Ahá! Você é um rapaz esperto, Arthur, mas não vai pegar seu velho tutor assim. Está tentando me atrapalhar me fazendo pensar por você. Mas não me deixo agarrar. Sou uma raposa muito velha para isso. Você terá de pensar o resto por si mesmo. Será a Força o Direito — e se não, por que não, dê as razões e faça um plano. Além disso, o que você vai fazer sobre isso?

— O que... — começou o rei, mas viu a carranca se formando. — Muito bem — ele disse. — Pensarei sobre isso.

E começou a pensar, passando a mão pelo lábio superior, onde cresceria o bigode.

Houve um pequeno incidente antes de deixarem a torre. O homem que passara carregando os dois baldes até onde estavam os animais voltou com os baldes vazios. Passou diretamente abaixo deles, parecendo minúsculo, em direção à porta da cozinha. Arthur, que estava brincando com uma pedra solta que tinha deslocado de um dos balestreiros, cansou de pensar e se debruçou com a pedra na mão.

— Como Curselaine parece pequeno.

— Ele é miúdo.

— O que aconteceria se eu deixasse essa pedra cair na cabeça dele?

Merlin calculou a distância.

— A nove metros e sessenta centímetros por segundo — ele disse —, acho que o mataria. Quatrocentas gramas são suficientes para esmagar seu crânio.

— Nunca matei ninguém desse jeito — disse o rapaz, em tom curioso.

Merlin observava.

— Você é o rei — ele disse.

Depois acrescentou:

— Ninguém vai poder lhe dizer nada se você tentar.

Arthur ficou parado, debruçado com a pedra na mão. Depois, sem mover o corpo, seus olhos se enviesaram para encontrar os de seu tutor.

A pedra levou o chapéu de Merlin com um zunido, e o velho saiu correndo atrás dele pelas escadas, agitando sua vara de pau-santo.

Arthur estava feliz. Como o homem no Éden antes da queda, desfrutava sua inocência e boa sorte. Em vez de ser um pobre escudeiro, era um rei. Em vez de ser um órfão, era amado por quase todo mundo exceto os gaélicos, e amava todo mundo em troca.

No que a ele se referia, nunca houvera, até então, algo como uma única partícula de tristeza na superfície alegre e suave do mundo brilhando como o orvalho.

3

Sir Kay escutara histórias sobre a Rainha das Órcades e estava curioso sobre ela.

— Quem é a Rainha Morgause? — ele perguntou um dia. — Ouvi dizer que é linda. Por que esses Antigos querem lutar contra nós? E como é seu esposo, o Rei Lot? Qual é seu nome realmente? Ouvi alguém chamá-lo de rei das Ilhas Exteriores, mas há outros que o chamam de rei de Lothian e das Órcades. Onde fica Lothian? É perto de Hy Brazil?* Não posso entender o motivo dessa revolta. Todo mundo sabe que o rei da Inglaterra é o senhor de todos os feudos. Ouvi dizer que ela tem quatro filhos. É verdade que ela não se dá bem com o esposo?

Eles voltavam a cavalo de um dia nas montanhas, onde estiveram caçando tetraz com falcões-peregrinos, e Merlin fora com eles pelo prazer da cavalgada. Recentemente, tornara-se vegetariano — por princípio um adversário de esportes sanguinolentos, embora tivesse participado da maioria deles em sua despreocupada juventude — e mesmo agora, secretamente, adorava ficar apenas observando os falcões. Os círculos magnífi-

* Ilha imaginária que, na cartografia antiga, aparece situada no Atlântico Norte. [N. T.]

cos que formavam enquanto esperavam — pequenas manchas no céu — e o br-r-r-r que faziam ao ceifar a tetraz, e a maneira como a vítima infeliz, morta instantaneamente, era jogada de ponta-cabeça na urze — essa era uma tentação à qual ele se rendia apesar do desagradável reconhecimento de que era um pecado. Consolava-se dizendo que a tetraz era para a panela. Mas era uma desculpa esfarrapada, pois ele tampouco aceitava carne como comida.

Arthur, que cavalgava com cautela, como um jovem monarca sensato, afastou os olhos de uma moita de tojos que poderia esconder uma emboscada naqueles tempos de anarquia, e fixou os olhos em seu tutor. Com a metade de sua mente tentava adivinhar qual das perguntas de Kay o mago escolheria responder, mas com a outra metade ainda estava atento às possibilidades bélicas da paisagem. Sabia que os falcoeiros estavam bem atrás deles — o carregador com os falcões encapuzados em uma armação quadrada apoiada nos ombros, com um homem armado a cada lado — e a que distância mais à frente estava o próximo lugar adequado para uma flecha de William Rufus.

Merlin escolheu a segunda pergunta.

— As guerras nunca são feitas por uma razão — disse. — São guerreadas por dúzias de razões, em uma confusão. É a mesma coisa com as revoltas.

— Mas deve haver uma razão principal — disse Kay.

— Não necessariamente.

Arthur observou:

— Devemos seguir em trote, agora. Há um campo plano por três quilômetros depois daqueles tojos, e então podemos ir a meio galope de novo, para esperar os homens. Os cavalos poderão tomar fôlego.

O chapéu de Merlin caiu. Eles tiveram que parar para pegá-lo. Depois, puseram os cavalos para andar tranquilamente em fila.

— Uma razão — retomou o mago — é a rixa imortal entre Gael e vocês. A Confederação Gaélica é formada por representantes de uma raça antiga que foi expulsa da Inglaterra por várias raças que são representadas por vocês. Naturalmente, sempre que possível, eles gostam de atazanar suas vidas.

— A história racial não depende de nós — disse Kay. — Ninguém sabe que raça é qual. De qualquer modo, são todos servos.

O velho olhou para ele de um modo que parecia divertido.

— Uma das coisas mais chocantes em um normando — disse — é que ele realmente não sabe nada sobre coisa alguma exceto sobre si mesmo. E você, Kay, como um fidalgo normando, leva essa peculiaridade a seu extremo. Pergunto-me se você sequer sabe o que é um gaélico. Algumas pessoas os chamam de celtas.

— Celta é um tipo de machadinha de batalha — Arthur disse, surpreendendo o mago com essa informação mais do que ele havia se surpreendido durante várias gerações. Pois era verdade, esse era um dos significados da palavra, embora Arthur não devesse saber disso.

— Não me refiro a essa espécie de celta. Estou falando sobre o povo. Vamos continuar chamando-os de gaélicos. Refiro-me aos Antigos que vivem na Bretanha e na Cornualha e em Gales e na Irlanda e na Escócia. Pictos e tal.

— Pictos? — perguntou Kay. — Acho que escutei falar de pictos. Não eram pictóricos? Pintados de azul?

— E supostamente fui eu quem cuidei de sua educação!

O rei disse, pensativo:

— Você se importaria de me falar sobre as raças, Merlin? Suponho que devo entender essa situação, se houver uma segunda guerra.

Desta vez foi Kay quem pareceu surpreso.

— Vai haver uma segunda guerra? — perguntou. — É a primeira vez que escuto falar disso. Pensei que a revolta tivesse sido esmagada no ano passado.

— Eles formaram uma nova confederação quando voltaram para casa, com cinco novos reis, portanto agora são onze ao todo. Os novos também pertencem ao sangue antigo. São Clariance do Norte de Humberland, Idres da Cornualha, Cradelmas do Norte de Gales, Brandegoris de Stranggore e Anguish da Irlanda. Será uma verdadeira guerra, é o que temo.

— E tudo por causa das raças — disse seu irmão de criação com desgosto. — Mesmo assim, pode ser divertido.

O rei ignorou-o.

— Vamos — disse a Merlin. — Quero que você me explique. — Mas — acrescentou rapidamente, quando o mago começou a abrir a boca — nada de muitos detalhes.

Merlin abriu e fechou a boca duas vezes, antes de ser capaz de obedecer a essa restrição.

— Há quase três mil anos — ele disse — este país que você governa pertenceu a uma raça gaélica que lutava com machadinhas de cobre. Há dois mil anos eles foram escorraçados para o oeste por outra raça gaélica com espadas de bronze. Há mil anos, houve uma invasão dos teutões, pessoas que tinham armas de ferro, mas não atingiram toda as Ilhas de Pictos porque os romanos chegaram no meio e confundiram as coisas. Os romanos foram embora cerca de oitocentos anos atrás, e então outra invasão teutônica — de um povo chamado, principalmente, de saxão — expulsou a turma toda para o oeste, como é o costume. Os saxões estavam começando a se estabelecer quando seu pai, Arthur, o Conquistador, chegou com seu bando de normandos, e é onde estamos hoje. Robin Wood era um partidário saxão.

— Pensei que nosso nome fosse Ilhas Britânicas.

— E é. As pessoas misturam os bês e os pês. Nada como a raça dos teutões para confundir as consoantes. Na Irlanda, eles ainda falam de um povo chamado Formorianios que, na verdade, eram os Pomeranios, enquanto...

Arthur interrompeu-o nesse momento crítico.

— Então chegamos a isso — ele disse, — nós, normandos, temos os saxões como servos, enquanto os saxões antes tinham uma espécie de subservos que eram chamados de gaélicos — os Antigos. Nesse caso, não vejo porque a Confederação Gaélica quer lutar contra mim — como um rei normando — quando na verdade foram os saxões que os expulsaram, e isso centenas de anos atrás de qualquer maneira.

— Você está subestimando a memória gaélica, querido jovem. Eles não distinguem vocês. Os normandos são uma raça de teutões, como os saxões que seu pai conquistou. Para os antigos gaélicos, vocês dois são ramos de um mesmo povo estrangeiro, que os expulsou para o norte e oeste.

Kay disse, sem pestanejar:

— Não aguento mais essas histórias. Afinal, supostamente já somos adultos. Se continuarmos assim, vamos acabar fazendo ditado.

Arthur sorriu e começou com a voz cantada da qual se recordavam muito bem: *Barbara Celarente Darii Ferioque Prioris,* enquanto Kay cantava os quatro versos seguintes em antifonia com ele. Merlin disse:

— Você pediu.

— E agora já sabemos.

— O principal é que a guerra vai acontecer porque os teutões ou seja lá como você os chame derrotaram os gaélicos tempos atrás.

— Certamente que não — exclamou o mago. — Nunca disse nada semelhante.

Os jovens abriram a boca, estupefatos.

— Eu disse que a guerra acontecerá por várias razões, não por uma. Outra das razões para esta guerra em particular é porque a Rainha Morgause é quem veste as calças. Ou talvez eu deva dizer os saiotes escoceses.

Arthur perguntou, com atenção:

— Vamos deixar isso bem claro. Primeiro, você vem e me diz que Lot e o resto tinham se rebelado porque eles eram gaélicos e nós normandos, mas agora você me diz que isso tem a ver com as calças da Rainha Morgause. Poderia definir melhor?

— Existe a rixa dos gaélicos com os normandos sobre a qual estivemos falando, mas existem também outras rixas. Certamente você não se esqueceu que seu pai matou o Conde da Cornualha antes de você nascer? A Rainha Morgause era uma das filhas desse conde.

— As Encantadoras Irmãs da Cornualha — observou Kay.

— Exato. Vocês mesmos se encontraram com uma delas — a Rainha Morgana Le Fay. Quando eram amigos de Robin Wood encontraram-na em uma cama de banha de porco. A terceira irmã era Elaine. Todas as três são feiticeiras de um tipo ou outro, embora Morgana seja a única que leva seriamente a coisa.

— Se meu pai matou o pai da Rainha das Órcades — disse o rei —, então eu acho que ela tem uma boa razão para querer que seu esposo se rebele contra mim.

— Esta é apenas uma razão pessoal. Razões pessoais não são motivos para uma guerra.

— E além disso — o rei continuou —, se minha raça expulsou a raça gaélica, então eu acho que os súditos da Rainha das Órcades também têm um bom motivo.

Merlin coçou o queixo no meio da barba com a mão que segurava as rédeas e ponderou.

— Uther, seu pranteado pai, era um agressor — disse por fim. — Assim como seus predecessores, os saxões, que expulsaram os Antigos. Mas se continuarmos a viver voltados para o passado desse jeito, nunca colocaremos um final nisso. Os Antigos, eles também, foram agressores contra a raça anterior das machadinhas de cobre, e mesmo o povo das machadinhas foi agressor contra algum bando mais antigo de esquimós que viviam em grutas. Se você continuar indo para trás, chegará a Caim e Abel. Mas a questão é que a conquista dos saxões teve sucesso, como também teve sucesso a conquista dos normandos contra os saxões. Por mais brutal que tenha sido, seu pai dominou os desafortunados saxões há muito tempo, e quando um grande número de anos se passa deve-se estar pronto para aceitar o *status quo*. Também, eu gostaria de assinalar, a conquista normanda foi um processo de unir pequenas unidades em grupos maiores — enquanto a revolta atual da Confederação Gaélica é um processo de desintegração. Eles querem despedaçar o que podemos chamar de Reino Unido em um monte de pequenos reinos disparatados, cada um por si. E por isso que não se pode dizer que a razão deles seja uma boa razão.

Ele coçou o queixo outra vez e ficou colérico.

— Jamais tive estômago para esses nacionalistas — exclamou. — O destino do Homem é unir, não dividir. Se você continua essa divisão, vai acabar como um grupo de macacos em árvores separadas, atirando castanhas uns nos outros.

— Mesmo assim — disse o rei — parece ter havido bastante provocação. Talvez eu não deva lutar.

— E se render? — disse Kay, mais divertido que desalentado.

— Eu poderia abdicar.

Eles olharam para Merlin, que se recusou a olhar para eles e continuou sua marcha, olhando direto para frente, mastigando sua barba.

— Devo renunciar?

— Você é o rei — disse o velho teimosamente. — Ninguém pode dizer nada se você fizer seja o que for que fizer.

Mais tarde, ele começou a falar com um tom mais gentil.

— Você sabia — perguntou um tanto melancólico — que eu mesmo fui um dos Antigos? Meu pai era um demônio, dizem, mas minha mãe era gaélica. O único sangue humano que tenho vem dos Antigos. No entanto, aqui estou eu denunciando as ideias do nacionalismo, sendo o que os políticos deles chamariam de um traidor — porque com esse tipo de xingamento podem ganhar pontos num debate de pouco valor. E sabe de outra coisa, Arthur? A vida já é demasiado dura, mesmo sem territórios e guerras e rixas entre nobres.

4

O feno estava seguro e os cereais estariam prontos para serem colhidos em uma semana. Eles estavam sentados à sombra no começo do campo, observando os trabalhadores bronzeados, de dentes brancos, parecendo fatigados, ocupados ao pôr do sol, guardando as gadanhas, afiando as foices e, no geral, deixando as coisas prontas para o final do ano de cultivo. Havia paz nos campos que estavam perto do castelo, e nenhuma flecha tinha que ser temida. Enquanto observavam os ceifeiros, debulhavam com os dedos as cabeças das espigas e mordiam o grão delicioso, testavam o leite espesso do trigo e a polpa mais seca e menos abundante da aveia. O gosto granulado da cevada pareceria estranho para eles, pois ainda não tinha sido introduzida em Gramarye.

Merlin continuava explicando.

— Quando eu era jovem — dizia — havia a ideia corrente de que era errado lutar em guerras de qualquer tipo. Uma grande quantidade de pessoas, naquele tempo, declarava que nunca lutaria por coisa alguma.

— Talvez estivessem certas.

— Não. Há uma razão muito boa para a luta: se um outro homem a começa. Sabe, as guerras são uma perversidade, talvez a maior perversidade de uma espécie perversa. São tão terríveis que não deveriam ser permitidas. Quando você tem absoluta certeza de que um outro homem vai começá-la, então é o momento em que você tem uma espécie de obrigação de pará-lo.

— Mas ambos os lados sempre dizem que foi o outro que começou.

— Claro que dizem, e é uma boa coisa que seja assim. Pelo menos, mostra que os dois lados têm consciência, dentro de si mesmos, de que a perversidade da guerra está em começá-la.

— Mas as razões — protestou Arthur. — Se um lado estiver fazendo o outro morrer de fome, de uma maneira ou de outra, com algum tipo de meio econômico pacífico que não seja exatamente uma guerra, então o lado que está morrendo de fome pode ter que lutar para sair dessa situação, se é que você entende o que digo.

— Eu entendo o que você acha que quer dizer — disse o mago — mas está errado. Não há razão para a guerra, nenhuma, e seja qual for a injustiça que sua nação possa estar cometendo contra a minha — exceto a guerra — minha nação estaria errada se *começasse* a guerra para corrigir isso. Um assassino, por exemplo, não pode alegar que sua vítima era rica e o estava oprimindo, portanto, por que uma nação poderia? As injustiças devem ser corrigidas pela razão, não pela força.

Kay disse:

— Vamos supor que o Rei Lot das Órcades dispusesse seu exército ao longo de nossa fronteira ao norte, o que poderia nosso rei fazer a não ser enviar seu próprio exército para ficar ao longo da mesma fronteira? Então, supondo que os homens de Lot desembainhassem suas espadas, o que poderíamos fazer exceto desembainhar as nossas? A situação poderia ainda ser mais complicada que isso. Parece que a agressão é uma coisa difícil sobre a qual se ter certeza.

Merlin estava chateado.

— Só porque você quer que pareça assim — ele disse. — Obviamente, Lot seria o agressor por ameaçar com sua força. Você sempre pode reconhecer o vilão, se mantiver a mente justa. Como último recurso, é definitivamente aquele que dá o primeiro golpe.

Kay continuou com seu argumento.

— Vamos dizer que sejam dois homens, em vez de dois exércitos. Eles estão de frente um para o outro. Desembainham as espadas, fingindo que é por outro motivo, movimentam-se para ficar do lado fraco um do outro e até fazem ataques simulados com as espadas, fingindo atacar, mas sem fazê-lo. Você quer dizer que o agressor será aquele que realmente der o primeiro golpe?

— Sim, se não tiver outra coisa para decidir isso. Mas em seu exemplo, obviamente é o homem que primeiro levou seu exército até a fronteira.

— Essa história do primeiro golpe acaba não significando nada. Suponha que ambos ataquem ao mesmo tempo, ou suponha que você não possa ver quem atacou primeiro porque são tantos que estão um frente ao outro.

— Mas quase sempre existe algo mais para definir isso — exclamou o velho. — Use seu bom senso. Veja a revolta gaélica, por exemplo. Que razão tem o nosso rei para ser o agressor? Ele já é o soberano feudal. Não é sensato pensar que ele está atacando. As pessoas não atacam o que lhes pertence.

— Eu com certeza não me sinto como se tivesse começado — disse Arthur. — Na verdade, nem sabia que começaria até que começou. Suponho que isso se deve ao fato de eu ter sido criado no campo.

— Qualquer homem de bom senso — continuou seu tutor, ignorando a interrupção —, que mantém a cabeça no lugar, pode dizer qual lado foi o agressor em noventa guerras em cem. Em primeiro lugar, ele pode ver qual lado provavelmente se beneficiará com a guerra, e este é um forte motivo para a suspeita. Pode ver que lado começou a ameaça de força ou foi o primeiro a se armar. E, finalmente, com frequência pode apontar quem deu o primeiro golpe.

— Mas suponha que um lado faça a ameaça — continuou Kay — mas o outro lado é quem dá o primeiro golpe.

— Ora, vá colocar sua cabeça num balde. Não estou dizendo que todas as guerras podem ser definidas. Desde o princípio do argumento eu disse que há muitas guerras nas quais a agressão é clara como água, e que nessas guerras é dever dos homens decentes lutar, a qualquer preço, contra o criminoso. Se você não tiver certeza de que ele é um criminoso — e deve tentar avaliar isso com cada grama de justiça que puder reunir — então seja um pacifista, seja como for. Recordo-me que fui um pacifista fervoroso uma vez, na guerra dos Bóeres, quando meu próprio país foi o agressor, e uma jovem me denunciou na Noite de Mafeking.

— Conte-nos sobre a Noite de Mafeking — pediu Kay. — A gente acaba de cabeça quente com essas discussões sobre o certo e o errado.

— A Noite de Mafeking... — começou o mago, que estava preparado para contar fosse o que fosse a quem quer que fosse. Mas o rei o interrompeu.

— Conte-nos sobre Lot — disse. — Quero saber sobre ele, se tiver que enfrentá-lo. Pessoalmente, estou começando a me interessar pelo certo e o errado.

— O Rei Lot... — começou Merlin no mesmo tom de voz, só para ser interrompido por Kay.

— Não — disse Kay. — Fale sobre a rainha. Ela parece mais interessante.

— A Rainha Morgause...

Arthur assumiu o direito de veto pela primeira vez em sua vida. Merlin, vendo sua sobrancelha levantada, voltou ao rei das Órcades, com inesperada humildade.

— O Rei Lot — retomou ele — é simplesmente um membro do seu reino e da realeza fundiária. É um nada. Você não precisa pensar sobre ele, de nenhuma maneira.

— Por que não?

— Em primeiro lugar, ele é o que costumávamos chamar em minha juventude de um Cavaleiro de Ascendência. Seus súditos são gaélicos e também sua esposa, mas ele mesmo é importado da Noruega. A origem dele é a mesma que a sua, Arthur, ele é um membro da classe dominante que conquistou as Ilhas muito tempo atrás. Isso significa que sua atitude em relação à guerra é a mesma que seu pai teria tido. Ele não se importa um nabo com as raças, mas vai à guerra da mesma maneira que meus amigos vitorianos costumavam ir a caça à raposa ou, então, para aproveitar os saques. Além disso, a mulher manda nele.

— Às vezes — disse o rei — gostaria que você tivesse nascido virado para frente como as outras pessoas. O que é isso de vitorianos e Noite de Mafeking...

Merlin ficou indignado.

— A ligação entre as guerras dos normandos e a caça vitoriana à raposa é perfeita. Deixe seu pai e o Rei Lot fora do assunto por um momento e veja a literatura. Veja os mitos normandos sobre as figuras lendárias como os reis angevinos. De Guilherme, o Conquistador, a Henrique III, eles dedicavam-se às guerras por temporadas. A temporada chegava e lá iam eles se enfrentar em armaduras esplêndidas que reduziam o risco de ferimentos ao mínimo de um caçador de raposas. Veja a batalha decisiva de Brenneville, na qual novecentos cavaleiros estavam no campo de batalha, e apenas três morreram. Veja Henrique II tomando dinheiro emprestado de Stephen, para pagar suas próprias tropas para lutar contra Stephen.

Veja a etiqueta esportiva, segundo a qual Henrique teve que retirar seu cerco assim que seu inimigo Louis se juntou aos defensores dentro da fortaleza, porque Louis era seu soberano feudal. Veja o cerco do monte St. Michel, no qual foi considerado pouco esportivo vencer porque os defensores ficaram sem água. Veja a batalha de Malmesbury, que foi abandonada por causa do mau tempo. Essa é a herança que você recebeu, Arthur. Você se tornou o rei de um domínio no qual os agitadores populares odeiam-se por razões raciais, enquanto a nobreza luta por diversão e nem os maníacos raciais nem os soberanos param para pensar no bando de soldados comuns, que são os únicos que realmente ficam feridos. A menos que você consiga fazer o mundo se mexer por razões melhores do que as do presente, seu reinado será uma série infinita de batalhas mesquinhas, nas quais os agressores terão ou motivos desprezíveis ou esportivos, e o pobre será o único a morrer. É por isso que tenho lhe pedido para pensar. É por isso...

— Acho que Dinadan está nos acenando para avisar que o jantar está pronto — disse Kay.

5

A casa de Mãe Morlan nas Ilhas Exteriores era pouco maior que um grande canil — mas era confortável e cheia de coisas interessantes. Havia duas ferraduras pregadas na porta; cinco estátuas, compradas de peregrinos, rodeadas por rosários usados para intervalos de orações, se a pessoa gostasse de orações; vários feixes de linho-de-fada por cima da caixa de sal; alguns escapulários enrolados no atiçador de brasas; vinte garrafas de uísque escocês, todas vazias exceto uma; um monte de palmas secas, relíquia dos Domingos de Ramos dos últimos setenta anos; e uma grande quantidade de fios de lã para amarrar o rabo da vaca quando ela está parindo. Havia também uma grande lâmina de foice que a velha senhora esperava usar caso viesse um ladrão — se alguém fosse tolo o bastante para tentar entrar ali — e, na chaminé, estavam penduradas madeiras de freixo que seu falecido marido tinha intenção de usar para o mangual, junto com peles de enguia e pedaços de couro de cavalo. Debaixo da pele de enguia havia uma grande garrafa de água benta e, em frente do lume de turfa, estava sentado um dos santos irlandeses que viviam na colmeia de celas das Ilhas Exteriores, com um copo da água-da-vida em sua mão. Era um santo relapso, que sucumbira à heresia pelagiana de Celestius e acreditava que a alma era capaz de se salvar sozinha. Estava justamente ocupado salvando-a com Mãe Morlan e o uísque.

— Que Deus e Maria estejam convosco, Mãe Morlan — os meninos cumprimentaram. — Nós viemos para escutar uma história, sobre qualquer coisa.

— Que Deus e Maria e André estejam convosco também — exclamou a mulher feia e velha. — E vêm vocês me pedindo uma história qualquer, com sua reverência aqui entre as cinzas!

— Boa noite, São Toirdealbhach, não o vimos por causa da escuridão.

— A benção de Deus para vocês.

— A mesma benção para o senhor também.

— Deve ser sobre assassinos — disse Agravaine. — Sobre assassinos e corvos que arrancam os olhos com bicadas.

— Não, não — disse Gareth. — Deve ser sobre a moça misteriosa que se casa com um homem porque ele roubou o cavalo mágico do gigante.

— Glória ao Senhor — comentou São Toirdealbhach. — É mesmo uma história estranha a que vocês querem depois de querer qualquer uma.

— Vamos, São Toirdealbhach, conta uma o senhor mesmo.

— Conta sobre a Irlanda.

— Conta sobre a Rainha Maeve, que desejava o touro.

— Ou dance para nós uma jiga.

— Misericórdia para os fedelhos malcriados, pensar em sua santidade dançando uma jiga!

Os quatro representantes das classes superiores sentaram-se onde puderam — havia apenas dois bancos — e olharam para o santo homem em silêncio receptivo.

— Será uma história com moral, a que vocês querem?

— Não, não. Nada de moral. Gostamos de histórias sobre batalhas. Vamos, São Toirdealbhach, que tal aquela vez que o senhor quebrou a cabeça do Bispo?

O santo tomou um grande gole de seu uísque branco e cuspiu no fogo.

— Havia uma vez um rei — começou, e toda a audiência fez um barulho farfalhante com as nádegas para se acomodar.

— Havia uma vez um rei — disse São Toirdealbhach —, e esse rei, o que vocês acham?, era chamado de Rei Conor Mac Ness. Era grande como uma baleia e vivia com seus parentes em um lugar chamado Tara dos Reis. Não demorou muito e esse rei teve que enfrentar os sanguinários O'Haras e, no conflito, ficou ferido com uma bala mágica. Vocês devem saber que os heróis antigos gostavam de fazer, eles mesmos, balas com os miolos de seus adversários — que enrolavam nas palmas das mãos em pedaços pequenos, e depois deixavam secando ao sol. Acredito que depois eles as atiravam com arcabuzes, sabem?, como se fossem fundas ou flechas. Bom, e se era assim, esse velho rei foi atingido na têmpora com uma dessas balas, e ela se alojou em um osso de seu crânio, em um ponto crítico qualquer. "Agora, estou bem-arranjado", disse o rei, e mandou chamar os antigos sábios e outros para aconselhá-lo sobre as práticas cirúrgicas. O primeiro sábio disse: "Sois um homem morto, Rei Conor. Esta bala está no lóbulo de vosso cérebro." O mesmo disseram todos os outros sábios, independentemente da autoridade da pessoa ou credo. "Ah, o que farei?", exclamou o rei da Irlanda. "É uma má fortuna, evidentemente, quando um homem não pode lutar um pouco sem chegar ao fim de seus dias." "Nada de tagarelar agora", disseram os cirurgiões, "há uma coisa que pode ser feita, e essa exata coisa é se manter longe de qualquer excitação não natural daqui para frente". "Além disso", disseram os outros, "deveis ficar longe também de toda excitação natural, ou a bala causará uma ruptura, e a ruptura se transformará num fluxo, e o fluxo em uma conflagração que causará uma abstrusão absoluta de todas as funções vitais. É sua única esperança, Rei Conor, ou se deitará peremptoriamente entregue aos vermes para que o comam." Bem, por Deus!, era uma situação muito precária, como vocês podem imaginar. Lá estava o pobre Conor em seu castelo, e não podia nem rir nem lutar nem tomar um pequeno gole de algo destilado, nem olhar para uma jovem donzela, de nenhum jeito, por medo de seu cérebro explodir. A bala ficou em sua têmpora, meio dentro, meio fora, e a tristeza ficou dentro dele daquele dia em diante.

— Que lástima esses doutores — disse Mãe Morlan. — Vaias, porque não eram nada espertos.

— O que aconteceu com ele? — perguntou Gawaine. — Viveu muito tempo no quarto escuro?

— O que aconteceu com ele? Eu ia chegar lá. Um dia houve uma tremenda tempestade, e as paredes do castelo chacoalharam como uma rede, e grande parte do barbacã caiu. Foi a pior tempestade acontecida naquele lugar em muito tempo, e o Rei Conor saiu correndo no meio das forças da natureza, procurando ajuda. Encontrou um de seus sábios em algum lugar por lá e perguntou a ele o que poderia ser. Esse era mesmo um homem sábio e respondeu ao Rei Conor. Disse que naquele dia nosso Salvador fora enforcado em uma árvore pelo povo judeu, e a tempestade irrompera por causa disso, e falou ao Rei Conor sobre o evangelho de Deus. Então, o que vocês pensam?, o Rei Conor da Irlanda voltou correndo para seu palácio para pegar sua espada, em fúria santa, e voltou correndo com ela pela tempestade para defender o Salvador — e foi assim que ele morreu.

— Ele morreu?

— Sim.

— Nossa!!!

— Que maneira bonita de morrer — disse Gareth. — Não foi uma coisa boa para ele, mas foi grandiosa.

Agravaine disse:

— Se meus médicos me dissessem para ser cuidadoso, eu nunca perderia meu controle por nada. Eu pensaria no que aconteceria, fosse como fosse.

— Mas não foi um gesto de fidalgo?

Gawaine começou a mexer nervosamente os dedos.

— Foi tolo — acabou dizendo. — Não fez nenhum bem.

— Mas ele estava tentando fazer o bem.

— Não era nada com sua família — disse Gawaine. — Não sei porque ele ficou tão excitado.

— Claro que era com a família dele. Era com Deus, que é da família de qualquer pessoa. O Rei Conor saiu para defender o lado da justiça, e deu sua vida por isso.

Agravaine, impaciente, mexeu o traseiro nas cinzas macias e cor de ferrugem da turfa. Achava Gareth um tolo.

— Conte a história de como os porcos foram feitos — ele pediu, para mudar o assunto.

— Ou aquela sobre o grande Conan que foi transformado em uma cadeira — disse Gawaine. — Ou, de alguma maneira, ficou pregado nela, e eles não conseguiram tirá-lo de lá. Então, tiveram de puxá-lo com força, e aí foi necessário fazer um enxerto em seu traseiro, só que era de pele de ovelha, e desde então as meias usadas por Fianna eram feitas com a lã que crescia em Conan!

— Não, essa não — disse Gareth. — Vamos deixar de histórias. Vamos sentar, meus heróis, e conversar com sabedoria sobre assuntos sérios. Vamos falar sobre nosso pai, que está longe fazendo a guerra.

São Toirdealbhach tomou um grande gole de uísque e cuspiu no fogo.

— A guerra não é grande coisa — ele observou, entregando-se a reminiscências. — Eu mesmo fui muito a guerras uma época, antes de me tornar um santo. Mas me cansei delas.

Gawaine disse:

— Não entendo como as pessoas podem se cansar de guerras. Tenho certeza de que nunca me cansarei. Afinal, é a ocupação de um nobre. Quero dizer, seria como ficar cansado de caçar ou dos falcões.

— A guerra — disse Toirdealbhach — poderia ser uma boa coisa se não tivesse muita gente nela. Quando tem muita gente lutando, como você sabe por que está lutando? Houve boas guerras na Velha Irlanda, mas era por causa de uma bula papal ou coisa assim — e cada homem tinha seu coração envolvido nisso desde o começo.

— Por que você se cansou das guerras?

— Foi o grande número delas que acabou com elas, completamente. Quem vai querer matar um mortal por algo que ele não entende, ou por coisa alguma? Em vez disso, fiquei com os combates de homem a homem.

— Isso deve ter sido há muito tempo.

— Ah, sim — disse o santo, arrependido. — Aquelas balas de que eu lhes falei antes: os miolos não eram muito úteis se não fossem tirados em combates de homem a homem. Essa era a virtude deles.

— Eu me inclino a concordar com Toirdealbhach — disse Gareth. — Afinal, qual é a vantagem de matar pobres soldados que não sabem de nada? Seria muito melhor se as pessoas que estão com raiva combatessem uma com a outra, elas mesmas, cavaleiro contra cavaleiro.

— Mas não se pode ter nenhuma guerra assim — exclamou Gaheris.

— Seria absurdo — disse Gawaine. — É preciso ter gente, grande quantidade de gente, em uma guerra.

— Caso contrário, você não pode matá-los — explicou Agravaine.

O santo serviu-se com outra dose de uísque, cantarolou para si mesmo alguns versos de *Água-da-vida, boa sorte para você, querida,* e dirigiu o olhar para Mãe Morlan. Estava sentindo uma nova heresia chegar, possivelmente por causa do álcool, e tinha algo a ver com o celibato do clero. Ele já tinha uma sobre a forma da tonsura, e a comum sobre a data da Páscoa, assim como sua própria questão pelagiana — mas a atual começava a fazê-lo sentir como se a presença das crianças fosse desnecessária.

— Guerras — disse, com desgosto. — E como crianças como vocês estão querendo falar disso, me digam, vocês que não são maiores que pintinhos de galinhas? Já é hora de ir embora, agora, antes que eu jogue uma praga em vocês.

Santos, como os Antigos sabiam muito bem, eram uma classe de gente que não se devia irritar, portanto as crianças rapidamente se levantaram.

— É pra já — disseram. — Sua Santidade, sem ofensa, por favor. Nós só queríamos fazer uma troca de ideias.

— Ideias! — exclamou, pegando seu atiçador de brasas e, num piscar de olhos, eles já estavam do lado de fora da porta baixa, parados sob os raios do sol na rua de areia, enquanto os anátemas do santo, ou seja lá o que fosse, troavam atrás deles, no interior escuro.

Na rua, havia dois asnos roídos pelas traças procurando capim nas fendas de uma parede de pedra. Suas pernas estavam atadas juntas, de tal modo que só podiam mancar, e seus cascos estavam cruelmente crescidos, parecendo chifres ou patins retorcidos. Os meninos imediatamente se dirigiram até eles, uma nova ideia aparecendo bem clara em suas cabeças tão logo viram os animais. Já não queriam escutar histórias nem discutir questões de guerra. Levariam os asnos para o pequeno porto atrás das dunas de areias; caso os homens que estavam fora com seus botes tivessem feito uma pescaria, os asnos seriam úteis para transportar os peixes.

Gawaine e Gareth revezaram-se com o asno gordo, um deles chicoteando-o enquanto o outro cavalgava-o em pêlo. De vez em quando, o asno dava um pulo, mas se recusava a trotar. Agravaine e Gaheris sentaram-se ambos no asno magro, o primeiro montado de costas para frente, de maneira a ver o traseiro do animal — ao qual chicoteava furiosamente com uma raiz grossa de sargaço. Batia ao redor do orifício do asno, para doer mais.

Era uma cena estranha a que apresentavam ao chegarem junto ao mar: os meninos magros com narizes afilados e uma gota de suor na ponta de cada um, os punhos ossudos saindo para fora dos casacos, e os asnos tentando fugir em pequenos círculos, dando um saltinho quando o sargaço batia nos quadris cinzentos. Era estranho porque estava circunscrito, porque estava concentrado em uma única intenção. Poderiam ser um sistema solar em si mesmo, sem nada mais no espaço, enquanto giravam e giravam em direção às dunas e ao capim áspero do estuário. Provavelmente, os planetas também têm algumas ideias nas cabeças.

A ideia que os meninos tinham era machucar os asnos. Ninguém havia lhes dito que isso era cruel, e tampouco ninguém dissera nada aos asnos. Conheciam bem a crueldade dentro do seu mundo, para se surpreenderem. Assim, o pequeno círculo constituía uma unidade — os animais relutantes em se mover e os meninos decididos a movê-los, as duas partes unidas pelo elo da dor com a qual todos concordavam sem questionar. A dor em si era uma questão tão natural que desaparecera do quadro, como se por um processo de cancelamento. Os animais não pareciam sofrer, e as crianças não pareciam se divertir com o sofrimento deles. A única diferença era que os meninos estavam violentamente agitados enquanto os asnos estavam tão estáticos quanto lhes era possível.

Nessa cena tipo Éden, e pouco antes de a lembrança do interior da casa de Mãe Morlan desaparecer de suas cabeças, apareceu sobre as águas um barco mágico, uma barcaça com velas feitas de um tecido de seda, mística, maravilhosa, fazendo uma música a seu próprio modo quando sua quilha sulcava as ondas. Dentro, havia três cavaleiros e um cachorro com enjoo de mar. Seria impossível imaginar algo menos adequado do que isso à tradição do mundo gaélico.

— Eu digo — disse a voz de um dos cavaleiros na barcaça, enquanto ainda estavam longe —, tem um castelo, não é, o quê? Eu digo, não é um castelo bonito!

— Para de fazer o barco jogar, meu caro amigo — disse o segundo —, ou nos fará cair no mar.

O entusiasmo do Rei Pellinore evaporou-se com a repreensão, e ele deixou os meninos petrificados de espanto ao cair no choro. Eles podiam escutar os soluços, misturado com o bater das ondas e com a música da barcaça, que se aproximava.

— Oh, mar! — exclamou o Rei Pellinore. — Quisera estar com você, o quê? Quisera estar no fundo bem fundo, isso eu quisera. Pobre de mim! pobre de mim! pobre de mim!

— Não adianta dizer "pare por mim!", meu velho. A coisa vai parar quando quiser. É uma magia.

— Eu não estava dizendo "pare por mim" — retrucou o rei. — Estava dizendo "pobre de mim"!

— Bom, ela não vai parar.

— Não me importa se vai parar ou não. Eu disse "pobre de mim"!

— Bom, para, então.

E a barcaça mágica parou, justo onde os botes geralmente eram puxados para a terra. Os três cavaleiros saíram, e se podia ver que o terceiro era um homem negro. Era um pagão ou sarraceno culto, chamado Sir Palomides.

— Que boa atracada, salve! — disse Sir Palomides.

As pessoas vieram de todos os cantos, em silêncio e devagar. Quando estavam perto dos cavaleiros, andavam lentamente, mas, à distância, corriam. Homens, mulheres e crianças se precipitavam sobre as dunas ou desciam pelas falésias do castelo mas, ao se aproximar, começavam a andar bem lentamente. A cerca de uns vinte metros, pararam todos. Formaram um anel, observando os recém-chegados sem dizer nada, como os visitantes ficam olhando os quadros no museu dos Uffizzi. Estudando-os. Não havia nenhuma pressa, nenhuma necessidade de passar para o quadro seguinte. Na verdade, não havia outros quadros — nunca houvera, desde que nasceram, exceto as cenas costumeiras do reino de Lot. O modo como encaravam não era exatamente ofensivo, nem amigável. Quadros existem para serem absorvidos. Começavam pelos pés, sobretudo porque os estrangeiros vestiam roupas exóticas de cavaleiros-com-

-armaduras, e os olhares avaliavam a textura, a construção, a articulação e o preço provável dos sapatões. Depois subiam para as joelheiras, as calças e mais para cima. Devem ter levado quase meia hora para chegar aos rostos, que deveriam ser os últimos a serem examinados.

Os gaélicos cercaram os ingleses de bocas abertas, enquanto as crianças da aldeia gritavam as notícias ao longe e Mãe Morlan veio correndo de saias arregaçadas e os botes no mar voltaram para terra com os remos a toda. Os jovens príncipes do reino desceram dos asnos como em transe e se juntaram ao círculo. O próprio círculo começou a se fechar sobre seu foco, movendo-se tão lenta e silenciosamente como o ponteiro de minutos de um relógio, exceto pelos gritos reprimidos dos retardatários que também faziam silêncio tão logo sentiam a mesma influência. O círculo ia se contraindo porque queria tocar os cavaleiros — não agora, não por cerca de meia hora ou mais, não antes do exame se completar, talvez nunca. Mas gostariam de poder tocá-los no final, em parte para ter certeza de que eram reais, em parte para avaliar melhor o preço de suas roupas. E, enquanto a avaliação continuava, algumas coisas começaram a acontecer. Mãe Morlan e as mulheres velhas começaram a rezar o rosário, enquanto as jovens mulheres beliscavam umas às outras e riam; os homens, depois de tirar os bonés em respeito às orações, começaram a trocar comentários em gaélico como "Olhe o homem preto, Deus se coloque entre nós e o mal", ou "Será que eles ficam nus para dormir, e como é que tiram essas panelas de ferro?" — e nas mentes tanto das mulheres quanto dos homens, independentemente da idade e das circunstâncias, começou a crescer, de maneira quase visível, quase tangível, o enorme e incalculável miasma que é a principal característica do cérebro gaélico.

São cavaleiros *sassenach**, eles estavam pensando — podiam dizer isso pelas armaduras — e, se fossem mesmo, eram cavaleiros do Rei Arthur contra quem o próprio rei deles tinha se revoltado pela segunda vez. Teriam vindo, com a típica esperteza dos *sassenach*, para atacar o Rei Lot por trás? Teriam vindo como representantes do soberano feudal — o Senhor de Todos — para fazer uma avaliação para um novo tributo? Se-

* Derivado da palavra saxão, era a maneira como os gaélicos designavam os saxões, isto é, os ingleses. [N. T.]

riam membros de uma Quinta Coluna? Ainda mais complicado que isso — pois certamente nenhum *sassenach* seria tão ingênuo para vir vestido de *sassenach* — talvez não fossem, absolutamente, representantes do Rei Arthur? Estariam eles, por algum propósito quase esperto demais para ser crível, apenas disfarçados deles mesmos? Onde estava a armadilha? Sempre havia uma em qualquer coisa.

As pessoas do círculo se aproximaram, os queixos caindo ainda mais, os corpos inclinados para frente e se curvando como se fossem sacos ou espantalhos, os olhos miúdos cintilando em todas as direções com insondável sutileza, os rostos assumindo uma expressão de estupidez canina até mais vazia do que na verdade era.

Os cavaleiros juntaram-se para se proteger. Na verdade, eles não sabiam que a Inglaterra estava em guerra com as Órcades. Estavam envolvidos em uma aventura, o que os mantivera afastados das últimas notícias. Provavelmente, ninguém nas Órcades lhes contaria.

— Não olhem agora — disse o Rei Pellinore — mas tem algumas pessoas a nossa volta. Vocês acham que eles são legais?

6

Em Carlion, tudo estava na maior confusão com os preparativos para a segunda campanha. Merlin fizera algumas sugestões sobre a maneira de vencê-la mas, como envolvia uma emboscada com ajuda secreta do exterior, tinham que manter segredo. O exército de Lot que se aproximava vagarosamente era tão mais numeroso que fora necessário recorrer ao estratagema. A maneira como se desenrolaria a batalha era um segredo conhecido só por quatro pessoas.

Os cidadãos comuns, que estavam na ignorância da alta política, tinham um monte de coisas a fazer. Havia chuços para serem afiados, e as pedras de amolar da aldeia rugiam dia e noite; havia milhares de flechas para serem emplumadas, portanto havia luzes nas casas dos flecheiros a todas as horas, e os desafortunados gansos dos campos eram perseguidos constantemente pelas camponesas excitadas atrás de suas penas. Os pavões reais estavam tão nus quando uma vassoura velha — a maioria dos atiradores gostava de ter o que Chaucer chamou de adornos de pavão, porque eram mais elegantes — e o cheiro de cola fervente subia para os céus. Os armadores, executando as armaduras, martelavam sem parar com tilintar musical, trabalhando em turnos duplos, e os ferreiros colocavam ferraduras nos cavalos de batalha, e as freiras não paravam de tricotar cachecóis para os soldados ou fazer o tipo de bandagem que chamavam de mechas. O Rei Lot já havia solicitado um *rendez-vous* para a batalha, em Bedegraine.

O rei da Inglaterra subiu, com esforço, os duzentos e oito degraus que levavam à torre onde ficava o quarto de Merlin e bateu na porta. O mago estava, com Arquimedes sentado no espaldar de sua cadeira, ocupado em achar a raiz quadrada de menos um. Esquecera-se como se fazia isso.

— Merlin, quero falar com você — disse o rei, ofegante.

Merlin fechou o livro com estrépito, pulou da cadeira, agarrou sua varinha mágica de pau-santo e correu para Arthur como se estivesse tentando enxotar uma galinha extraviada.

— Vá embora! — gritou. — O que você está fazendo aqui? O que significa isso? Você não é o rei da Inglaterra? Vá embora e mande alguém me chamar! Saia do meu quarto! Nunca se viu uma coisa dessas! Vá embora imediatamente e manda alguém me chamar!

— Mas eu estou aqui.

— Não, não está — retrucou o velho, com engenho. E empurrou o rei para fora da porta, fechando-a em sua cara.

— Ora! Ora! — disse Arthur e, tristemente, desceu a escada de duzentos e oito degraus.

Uma hora mais tarde, Merlin apresentou-se no Salão Real, em resposta a um chamado levado por um pajem.

— Assim está melhor — ele disse, e sentou-se confortavelmente em uma arca com tapete.

— Levante-se — disse Arthur, e bateu palmas para um pajem levar embora o assento.

Merlin ficou em pé, fervendo de indignação. O branco dos nós de seus dedos descorou pela força com que os apertava.

— Em relação a nossa conversa sobre o tema da Cavalaria — começou o rei com um tom petulante...

— Não me lembro dessa conversa.

— Não?

— Nunca fui tão insultado em toda a minha vida.

— Mas eu sou o rei — Arthur disse. — Você não pode se sentar na frente do rei.

— Bobagem.

Arthur começou a rir mais do que seria adequado, e seu irmão de criação, Sir Kay, e seu velho protetor, Sir Ector, saíram de trás do trono, onde estavam escondidos. Kay tirou o chapéu de Merlin e colocou-o em Sir Ector, e Sir Ector disse:

— Bem, abençoada seja minha alma, agora sou um nigromante. *Hocus pocus.*

Todo mundo começou a rir, e finalmente Merlin também acabou rindo, e assentos foram trazidos para que todos pudessem se sentar, e garrafas de vinho foram abertas para que a reunião não passasse a seco.

— Você está vendo — disse, orgulhoso, o rei — eu convoquei um conselho.

Houve uma pausa, pois era a primeira vez que Arthur fazia um discurso, e queria fazer o melhor possível.

— Bem — continuou. — É sobre a Cavalaria. Quero falar sobre isso.

Merlin imediatamente o observou com olhar aguçado. Seus dedos nodosos tremiam no meio das estrelas e dos sinais secretos de sua veste, mas ele não ajudaria o orador. Podia-se dizer que esse era um momento crítico em sua carreira — o momento para o qual vivera de frente para trás por sabe Deus quantos séculos, e agora saberia se tinha ou não vivido em vão.

— Tenho pensado — disse Arthur — sobre a Força e o Direito. Não acho que as coisas tenham de ser feitas porque você *é capaz* de fazê-las. Acho que têm de ser feitas quando você *deve* fazê-las. Afinal, um centavo é um centavo de qualquer maneira, por mais Força que possa ser exercida, em qualquer dos lados, para provar que é ou não é. Está claro?

Ninguém respondeu.

— Bem, eu estava conversando com Merlin nas ameias um dia, e ele disse que a última batalha que tivemos — na qual setecentos soldados rasos foram mortos — não foi tão divertida quanto achei que tivesse sido. Certamente, as batalhas não são divertidas quando pensamos sobre elas. Quero dizer, as pessoas não deveriam ser mortas, deveriam? É melhor ficarem vivas. Muito bem. Mas o curioso é que Merlin me ajudou a vencer as batalhas. Na verdade, continua me ajudando, e esperamos vencer a batalha de Bedegraine juntos, quando ela acontecer.

— Venceremos — disse Sir Ector, que estava a par do segredo.

— Isso me parece inconsistente. Por que ele me ajuda a fazer a guerra, se elas são más?

Ninguém falou nada, e o rei começou a falar com agitação.

— Só posso pensar — ele disse, começando a se ruborizar — só posso pensar que eu... que nós... que ele... que ele quer que eu a vença por uma razão.

Ele parou e olhou para Merlin, que virou a cabeça para outro lado.

— A razão é... será? ... a razão é que se eu puder ser o senhor de meu reino, vencendo essas batalhas, eu poderei pará-las depois e então fazer algo sobre a questão da Força. Adivinhei? Estou certo?

O mago não virou a cabeça, e suas mãos continuaram quietas em seu colo.

— Estou! — exclamou Arthur.

E começou a falar tão rapidamente que mal podia acompanhar a si mesmo.

— Vejam vocês — ele disse. — A Força não é o Direito. Mas há muita Força destruindo esse mundo e algo tem de ser feito em relação a isso. É como se as pessoas fossem metade horríveis e metade boas. Talvez elas sejam mais do que metade horríveis, e quando são deixadas por si mesmas ficam selvagens. Vejam o barão médio que temos hoje, pessoas como Sir Bruce Sans Pitié, que simplesmente sai galopando por aí com sua roupa de aço, fazendo exatamente o que lhe apetece, por esporte. É nossa ideia normanda que as classes superiores tenham o monopólio do poder, sem respeitar a justiça. Então o lado horrível predomina, e há roubos e estupros e pilhagem e torturas. As pessoas viram animais.

"Mas, vejam, Merlin está me ajudando a vencer minhas duas batalhas para que eu possa pôr um fim nisso. Ele quer que eu endireite as coisas.

"Lot, Uriens, Ánguish e os outros como eles são o velho mundo, a ordem antiga que querem que prevaleça para realizar seus desejos particulares. Tenho que vencê-los com suas próprias armas — eles as forçam sobre mim, porque vivem pela força — e só depois o verdadeiro trabalho começará. Essa batalha de Bedegraine é a parte preliminar, vocês veem. É sobre *depois* da batalha que Merlin quer que eu pense."

Arthur parou outra vez para comentários ou encorajamentos, mas o rosto do mago continuava virado. Apenas Sir Ector, sentado a seu lado, podia ver seus olhos.

— Agora, o que pensei foi isso — disse Arthur. — Por que não se pode fazer a Força trabalhar pelo Direito? Sei que parece sem sentido mas, quero dizer, não se pode dizer que isso simplesmente não é possível. A Força está lá, na metade má das pessoas, não podemos esquecer disso. Não podemos cortá-la, mas deve ser possível direcioná-la, se é que vocês me entendem, de maneira que seja útil em vez de má.

O público estava interessado. Inclinaram-se para frente para escutar melhor, exceto Merlin.

— Minha ideia é que se pudermos vencer essa batalha que está a nossa frente e pudermos controlar bem o país, então criarei uma espécie de Ordem de Cavaleiros. Não punirei os cavaleiros maus, nem enforcarei Lot, mas tentarei atraí-los para nossa Ordem. Teremos que fazer com que isso seja uma grande honra, compreendem?, e fazer com que seja uma moda e coisas assim. Todos deverão querer participar dela. E então farei com que o juramento da Ordem seja que a Força deve ser usada somente para o Direito. Estão compreendendo? Os cavaleiros da minha Ordem cavalgarão pelo mundo todo, vestidos de aço e empunhando suas espadas — o que dará vazão à vontade de lutar, entendem, uma vazão para o que Merlin chama de espírito de caça à raposa —, mas terão jurado atacar apenas em beneficio do bem, defender virgens contra Sir Bruce, restaurar o que foi feito de errado no passado e ajudar o oprimido e assim por diante. Percebem a ideia? Será usar a Força, em vez de lutar contra ela, e transformar uma coisa má em coisa boa. Isso, Merlin, foi tudo o que pude pensar a respeito. Pensei o mais que pude e suponho que estou errado, como sempre. Mas eu me esforcei. Não consigo pensar em coisa melhor. Por favor, diga alguma coisa!

O mago levantou-se tão reto como um pilar, esticou os braços em ambas as direções, olhou para o teto e disse as primeiras poucas palavras do *Nunc Dimittis*.*

* Oração do velho Simão no Novo Testamento, exprimindo a satisfação de quem realizou suas mais ardentes esperanças e considera-se pronto para morrer. [N. T.]

7

A situação em Dunlothian estava complicada. Quase toda situação tendia a sê-lo quando tinha ligação com o Rei Pellinore, mesmo no Norte mais distante. Para começar, ele estava apaixonado — era por isso que chorara na barcaça. Foi o que explicou à Rainha Morgause na primeira oportunidade — porque estava apaixonado e não mareado.

O que aconteceu foi isso. O rei tinha perseguido a Besta Gemente alguns meses antes, na costa sul de Gramarye, quando o animal entrou no mar. Ela nadara para longe, sua cabeça de serpente ondulando na superficie como uma cobra d'água, e o rei fez sinal para um navio que passava como se fosse para alguma Cruzada. Sir Grummore e Sir Palomides estavam no navio e gentilmente se dispuseram a mudar seu caminho para ir atrás da Besta. Os três chegaram à costa de Flandres, onde a Besta desapareceu em uma floresta, e lá, enquanto descansavam em um castelo hospitaleiro, Pellinore se apaixonou pela filha da Rainha de Flandres. Isso foi bom enquanto durou — pois a dama de sua escolha era uma criatura despachada, de meia-idade, decidida, que sabia cozinhar, cavalgar em linha reta e arrumar camas — mas as esperanças de ambas as partes foram desfeitas logo no começo pela chegada da barcaça mágica. Os três cavaleiros tiveram que entrar nela e sentaram-se para ver o que acontecia, porque supostamente cavaleiros nunca devem recusar uma aventura. Mas a barcaça imediatamente se pôs a navegar, por sua própria conta, deixando a filha da Rainha de Flandres acenando ansiosa seu lencinho de bolso. A Besta Gemente pôs a cabeça para fora da floresta antes que eles perdessem a terra de vista, parecendo, pelo que puderam ver à distância, ainda mais surpresa que a dama. Depois disso, eles navegaram até chegarem às Ilhas Exteriores, e quanto mais longe iam, mais saudoso ficava o rei, o que tornou sua companhia intolerável. Passava o tempo escrevendo poemas e cartas, que nunca poderiam ser enviadas, ou falando a seus companheiros sobre a princesa cujo apelido no círculo familiar era Piggy — Porquinha.

Uma situação como essa poderia ser aceitável na Inglaterra, onde algumas vezes apareciam pessoas como Pellinore, e até contavam com uma espécie de tolerância por parte de seus companheiros. Mas em Lothian e Órcades, onde os ingleses eram os tiranos, isso adquiria uma impossibilidade quase sobrenatural. Nenhum dos ilhéus conseguia entender o que o Rei Pellinore tentava esconder — ao fingir ser ele mesmo —, e era considerado mais sábio e seguro não mencionar a nenhum dos cavaleiros visitantes os fatos sobre a guerra contra Arthur. Era melhor esperar até que seus estratagemas fossem descobertos.

Além disso, havia um problema que perturbava particularmente os meninos. A Rainha Morgause procurava conquistar os visitantes.

— O que nossa mãe está fazendo com os cavaleiros na montanha? — perguntou Gawaine uma manhã, quando caminhavam em direção à cela de São Toirdealbhach.

Gaheris respondeu com certa dificuldade, depois de uma longa pausa:

— Eles estão caçando um unicórnio.

— Como se faz isso?

— É preciso uma virgem para atraí-lo.

— Nossa mãe saiu para caçar unicórnios e para servir de virgem para eles — disse Agravaine, que também sabia dos detalhes. Sua voz soou estranha ao fazer essa observação.

Gareth protestou:

— Não sabia que ela queria um unicórnio. Nunca falou nada sobre isso.

Agravaine o olhou de esguelha, limpou a garganta e citou:

— Meia palavra é suficiente para o bom entendedor.

— Como vocês sabem disso? — perguntou Gawaine.

— Nós escutamos.

Eles sabiam um jeito de escutar pela escada em espiral, nos momentos em que eram excluídos do interesse da mãe.

Gaheris explicou, com eloquência pouco comum, pois era um menino taciturno:

— Ela disse a Sir Grummore que essa melancolia amorosa do rei poderia acabar se ele voltasse a se interessar por seus antigos objetivos. Eles haviam contado que esse rei tinha o hábito de perseguir uma Besta que se perdeu. Então, a mãe disse que eles deviam caçar unicórnios, e que ela seria a virgem para eles. Eles ficaram surpresos, eu acho.

Caminharam em silêncio, até Gawaine sugerir, quase como se fosse uma pergunta:

— Ouvi dizer que o rei está apaixonado por uma mulher de Flandres, e que Sir Grummore já é casado. E que o sarraceno tem a pele negra por dentro.

Ninguém respondeu.

— Foi uma longa caçada — disse Gareth. — Ouvi dizer que não pegaram nada.

— Esses cavaleiros gostam de ficar jogando esse jogo com nossa mãe?

Gaheris explicou pela segunda vez. Embora fosse calado, era bom observador.

— Acho que eles não entenderam nada.

Continuaram caminhando, relutantes em revelar seus pensamentos.

A cela de São Toirdealbhach era como uma colmeia de palha fora de moda, exceto que era maior e feita de pedra. Não tinha janelas, só uma porta, pela qual era preciso passar agachado.

— Sua Santidade — eles gritaram quando chegaram, batendo nas pesadas pedras sem argamassa. — Sua Santidade, viemos escutar uma história.

Toirdealbhach era uma fonte de nutrição mental para eles — uma espécie de guru, como Merlin fora para Arthur, e que lhes deu a pouca cultura, a única que jamais teriam. Recorriam a ele como cachorrinhos famintos, ansiosos por qualquer tipo de comida, quando a mãe os punha para fora de casa. Ele os ensinara a ler e escrever.

— Ah, vocês — disse o santo, pondo a cabeça para fora da porta. — Que a prosperidade do Senhor esteja com vocês esta manhã.

— A mesma prosperidade para o senhor.

— Têm alguma novidade?

— Nenhuma — disse Gawaine, suprimindo o unicórnio.

São Toirdealbhach soltou um suspiro profundo.

— Também não tenho nenhuma — disse.

— Poderia nos contar uma história?

— Essas histórias, agora. Não tem nada de bom nelas. Por que eu lhes contaria uma história, eu e minhas heresias? Faz mais de quarenta anos desde que lutei uma batalha natural, e também nada de ficar sabendo de nenhuma donzela durante todo esse tempo, então como poderia lhes contar histórias?

— Poderia contar uma história sem donzelas nem batalhas.

— E para que serviria isso, hein? — ele exclamou, com indignação, saindo para a luz do sol.

— Se pensar em lutar em uma batalha — disse Gawaine, sem mencionar as donzelas —, talvez se sinta melhor.

— Que tristeza! — exclamou Toirdealbhach. — Por que quero ser santo é uma charada! Se eu pudesse rachar alguém com minha velha clava — e tirou debaixo de sua veste uma arma que parecia terrível — não seria melhor do que todos os santos da Irlanda?

— Conte-nos sobre a clava.

Eles examinaram o porrete cuidadosamente, enquanto sua santidade lhes contava como um bom porrete deveria ser feito. Explicou que apenas uma raiz crescida servia, porque os ramos comuns quebravam logo, sobretudo se fossem de árvores comuns, e como untar o porrete com banha de porco, e enrolá-lo e enterrá-lo em um monturo para endurecer, e depois poli-lo com grafite e sebo. Mostrou o buraco por onde se colocava o chumbo, e os cravos na ponta, e os entalhes no punho que representavam os antigos escalpos. Em seguida, ele a beijou com reverência e recolocou-a sob sua veste com um suspiro profundo. Estava atuando, e com toda a ênfase.

— Conte-nos a história do braço negro que desceu pela chaminé.

— Ah, meu coração não está nisso — disse o santo. — Não tenho mais coração para nada. Estou inteiramente enfeitiçado.

— Acho que nós também estamos enfeitiçados — disse Gareth. — Tudo parece dar errado.

— Sucedeu uma coisa parecida uma vez — Toirdealbhach começou — e foi com uma mulher. Havia um esposo que vivia em Malainn Vig com essa mulher. Havia uma filha que tinham entre eles. Um dia o homem saiu para cortar madeira no pântano e quando chegou a hora do jantar, essa mulher mandou a menina levar o jantar para ele. Quando o pai estava sentado comendo seu jantar, essa menina de repente deu um grito, "Olha, pai, está vendo o grande navio lá longe no horizonte? Eu posso fazê-lo vir até a praia seguindo o rochedo". "Você não pode fazer isso", disse o pai. "Eu sou maior que você e não posso." "Bom, então fique me olhando", disse a menina. E ela foi até a fonte que estava perto e remexeu a água. O navio aproximou-se do rochedo.

— Ela era uma bruxa — explicou Gaheris.

— Era a mãe que era a bruxa — o santo disse, e continuou a história.

— "Agora", ela falou, "posso fazer o navio bater no rochedo." "Você não consegue fazer isso", disse o pai. "Bom, então fique me olhando", disse a menina, e ela pulou na fonte. O navio bateu no rochedo e se espatifou em mil pedaços. "Quem lhe ensinou a fazer essas coisas?", perguntou o pai. "Minha mãe. Enquanto você está trabalhando, ela me ensina a fazer coisas em casa, na tina de madeira."

— Por que ela pulou na fonte? — perguntou Agravaine. — Ela ficou molhada?

— Silêncio.

— Quando esse homem chegou em casa com sua esposa, arrumou seu cortador de turfa e tomou seu assento. Então, disse: "O que você andou ensinando para nossa filha? Eu não quero ter uma bruxa em minha casa e não ficarei mais com você". Então, ele foi embora, e elas nunca mais viram nada dele. Eu não sei como elas ficaram depois disso.

— Deve ser horrível ter uma mãe que é bruxa — disse Gareth, quando ele terminou.

— Ou uma esposa — disse Gawaine.

— É pior não ter esposa nenhuma — disse o santo, e desapareceu dentro de sua cova com rapidez repentina, como o homem do relógio meteorológico sueco que se recolhe dentro de um buraco quando o tempo vai ser bom.

Os meninos sentaram-se ao redor da porta, sem surpresa, esperando alguma coisa acontecer. Ficaram pensando na questão das fontes, das bruxas, dos unicórnios e no que as mães faziam.

— Tenho uma proposta a fazer, meus heróis — disse Gareth, inesperadamente —, que cacemos um unicórnio nós mesmos.

Eles o olharam.

— Seria melhor do que não fazer nada. Há uma semana que não vemos nossa mãe.

— Ela se esqueceu de nós — disse Agravaine, amargo.

— Não, ela não fez isso. Você não deve falar assim de nossa mãe.

— É verdade. Nós nem sequer servimos o jantar.

— Isso é porque ela precisa ser hospitaleira com esses cavaleiros.

— Não, não é.

— É por que, então?

— Não vou dizer.

— Se pudermos caçar um unicórnio — disse Gareth — e trouxermos esse unicórnio que ela quer, talvez elas nos deixe servir o jantar.

Eles refletiram sobre a ideia com um comecinho de esperança.

— São Toirdealbhach — eles gritaram —, venha aqui de novo. Nós queremos caçar um unicórnio.

O santo pôs a cabeça para fora do buraco e os examinou, suspeito.

— O que é um unicórnio? Como eles são? Como a gente pode pegar um deles?

O santo balançou a cabeça solenemente e desapareceu pela segunda vez, para retornar de quatro poucos momentos depois com um volume grande, a única obra secular que tinha entre seus pertences. Como a maioria dos santos, ganhava a vida copiando manuscritos e neles desenhando gravuras.

— Vocês precisam de uma donzela como isca — ele disse.

— Temos um monte de servas — disse Gareth. — Podemos levar qualquer uma das servas ou a cozinheira.

— Elas não iriam.

— Podemos levar a ajudante de cozinha. Podemos obrigá-la a ir conosco.

— E depois, quando pegarmos o unicórnio que a mãe quer, vamos trazê-lo para casa em triunfo e dar para ela! Vamos poder servir o jantar todas as noites!

— Ela ficará contente.

— Talvez ficar depois do jantar, seja qual for o evento!

— E Sir Grummore nos fará cavaleiros. Ele dirá: "Jamais se viu um feito tão formidável, por meu santuário!".

São Toirdealbhach colocou seu precioso livro na grama fora da sua cova. A grama era arenosa, com caracóis vazios e pequenas conchas amareladas com uma espiral púrpura espalhados por cima. Ele abriu o livro, que era um bestiário chamado *Liber de Natura Quorundam Animafum,* e mostrou que tinha gravuras em todas as páginas.

Os meninos o fizeram ir passando rapidamente o pergaminho, com seu lindo manuscrito gótico, pulando os encantadores Grifos, Bisões, Crocodilos, Mantícoras, Chaladrius, Cinomulgi, Sereias, Peridoxões, Dragões e Aspidocelones. Para seus olhares ansiosos, o Antílope roçava em vão seus chifres complicados na árvore do tamarisco, enroscando--se e tornando-se presa fácil para seus perseguidores; em vão os Bisões emitiam suas flatulências para despistar os perseguidores. Os Peridoxões, no alto de árvores que os colocavam fora do alcance dos dragões, passavam despercebidos. A Pantera exalava seu hálito aromático para atrair as presas, mas não lhes interessou. O Tigre, que poderia ser enganado se uma bola de vidro fosse atirada a seus pés, na qual vendo-se a si mesmo refletido, pensava ver seus próprios filhotes; o Leão, que poupava os homens caídos ou cativos, tinha medo de galos brancos e apagava o próprio rastro com seu rabo como folhagem; o Íbex, que podia pular de montanhas sem se machucar porque quicava sobre os chifres encaracolados; o Yale, que podia mexer os chifres como orelhas; a Ursa que costumava parir seus filhotes como pedaços de matéria informe que podia lamber na forma que bem quisesse; a ave Chaladrius que, se olhasse para uma pessoa, sentada no anteparo de sua cama, indicava que essa pessoa morreria; os Ouriços que colhiam uvas para sua prole, rolando sobre elas e trazendo-as nas pontas de seus espinhos; mesmo o Aspidocelone, que era uma criatura enorme como a baleia com sete barbatanas e expressão de ovelha, na qual você podia atracar seu barco por engano se não prestasse atenção: mesmo o Aspidocelone mal os interessou. Por fim, encontraram o lugar do Unicórnio, que os gregos chamavam de Rhinoceros.

Parecia que o Unicórnio era tão rápido e manso como o Antílope, e só poderia ser capturado de uma maneira. Era preciso ter uma donzela como isca, e, quando o Unicórnio a visse sozinha, vinha imediatamente pousar seu chifre no colo dela. Havia a gravura de uma virgem pouco confiável, segurando o chifre da pobre criatura com uma mão, enquanto chamava alguns lanceiros com a outra. Sua expressão de má fé era contrabalançada pela confiança estúpida com que o unicórnio a olhava.

Assim que as instruções foram lidas e a gravura digerida, Gawaine imediatamente se apressou para buscar a ajudante de cozinha.

— Vamos — ele disse —, você tem de vir conosco até a montanha para pegar um unicórnio.

— Oh, Senhor Gawaine — exclamou a jovem que ele agarrara, cujo nome era Meg.

— Sim, é preciso. Você tem de ser a isca, seja lá como for. Ele virá e colocará a cabeça no seu colo.

Meg começou a chorar.

— Ora, o que foi, não seja tola!

— Oh, Senhor Gawaine, eu não quero um unicórnio. Tenho sido uma jovem honesta, sim senhor, e tenho todas essas panelas para lavar, e se Dona Truelove me pegar gazeteando o trabalho, vai me espancar, Senhor Gawaine, vai sim.

Ele a pegou com firmeza pelas tranças e a puxou para fora.

No vento frio do alto da montanha, eles discutiram a caçada. Pelas tranças, seguravam Meg, que chorava sem parar, para que não fugisse, e a passavam de um para o outro, se o menino que a estivesse segurando precisasse de ambas as mãos para gesticular.

— Pois bem — disse Gawaine. — Sou o capitão. Sou o mais velho, portanto sou o capitão.

— A ideia foi minha — disse Gareth.

— A questão é que o livro diz que a isca deve ficar sozinha.

— Ela fugirá.

— Você fugirá, Meg?

— Sim, por favor, Senhor Gawaine.

— Essa não!

— Então, ela tem que ficar amarrada.

— Ai!, Senhor Gaheris, é mesmo vossa vontade, tenho que ser amarrada?

— Cale a boca. Você é só uma menina.

— Não tem nada com que amarrá-la.

— Eu sou o capitão, meus heróis, e ordeno que Gareth vá correndo para casa buscar uma corda.

— Não farei isso.

— Mas você acabará com tudo, se não fizer isso.

— Não sei porque devo ir. Fui eu quem teve a ideia.

— Então, eu ordeno nosso Agravaine a ir.

— Eu não.

— Que vá Gaheris.

— Eu não.

— Meg, sua malvada, não é pra você fugir, escutou bem?

— Sim, Senhor Gawaine. Mas, ai!, Senhor Gawaine!

— Se achássemos uma raiz de urze bem forte, poderíamos amarrar as pontas de suas tranças juntas, enrolando-as bem.

— Vamos fazer isso.

— Ai, ai!

Depois que amarraram a virgem, os quatro meninos ficaram ao seu redor, discutindo o próximo passo. Tinham surrupiado do arsenal lanças verdadeiras de caçar javali, portanto estavam adequadamente armados.

— Essa donzela será minha mãe — disse Agravaine. — Isso era o que mamãe estava fazendo ontem. E eu vou ser Sir Grummore.

— Eu serei Pellinore.

— Agravaine pode ser Grummore, se quiser, mas a isca tem que ficar sozinha. É isso que o livro diz.

— Ai!, Senhor Gawaine, ai!, Senhor Gawaine!

— Pare de choramingar. Você vai assustar o unicórnio.

— E agora precisamos sair daqui e nos esconder. Foi por isso que nossa mãe não conseguiu pegá-lo, porque os cavaleiros ficaram com ela.

— Eu vou ser Finn MacCoul.

— E eu serei Sir Palomides.

— Ai!, Senhor Gawaine, pelo amor de Deus não me deixe sozinha.

— Pare de resmungar — disse Gawaine. — Você é tola. Deveria ficar orgulhosa de ser a isca. Ontem, nossa mãe foi.

Gareth disse:

— Não se preocupe, Meg, não chore. Nós não deixaremos que ele a machuque.

— Afinal, o pior que ele pode fazer é matar você — disse Agravaine com brutalidade.

Com isso, a menina infeliz começou a chorar mais que nunca.

— Por que você disse isso? — perguntou Gawaine, furioso. — Você sempre tenta amedrontar as pessoas. Agora, ela está chorando mais que antes.

— Olhe — disse Gareth. — Olhe, Meg. Coitada da Meg, não chore. Eu deixarei você dar uns tiros com minha catapulta, quando voltarmos para casa.

— Ah, Senhor Gareth!

— Arre, vamos embora. Não podemos ficar nos ocupando com ela.

— Vamos, vamos!

— Ai! Ai!

— Meg — disse Gawaine, fazendo uma careta medonha —, se você não parar de gritar, vou olhar para você desse jeito.

Imediatamente, ela parou.

— Agora — ele disse —, quando o unicórnio vier, vamos aparecer correndo e matá-lo. Você entendeu?

— Ele precisa ser morto?

— Sim, ele precisa ser morto.

— Sei.

— Eu não gostaria de machucá-lo — disse Gareth.

— Esse é mesmo o tipo de tolice de que você gostaria — respondeu Agravaine.

— Mas não entendo porque ele deve ser morto.

— Para que possamos levá-lo para casa para nossa mãe, seu cérebro de rã.

— Você não acha que poderíamos pegá-lo — perguntou Gareth — e levá-lo até nossa mãe? Quer dizer, podemos fazer Meg levá-lo, se ele for manso.

Gawaine e Gaheris concordaram com isso.

— Se ele for manso — disseram — seria melhor levá-lo vivo. Esse é o melhor tipo de Grande Caçada.

— Poderíamos montá-lo — disse Agravaine. — Poderíamos bater nele com galhos. Poderíamos bater em Meg, também — acrescentou, como uma reflexão posterior.

Em seguida, eles se esconderam em emboscada e decidiram ficar em silêncio. Não se escutava nada, exceto o vento suave, as abelhas nas urzes, as cotovias lá no alto e as fungadas distantes de Meg.

Quando o unicórnio veio, as coisas foram bem diferentes do que haviam imaginado. Para começar, ele era um animal tão nobre que era como se fosse uma encarnação da própria beleza. Deixava encantado tudo que estivesse ao alcance da vista.

O unicórnio era branco, com patas de prata e um gracioso chifre de madrepérola. Com graça, pisava na relva, mal parecendo pressioná-la com seu trote leve como ar, e o vento ondeava sua longa crina, recentemente penteada. O que tinha de mais glorioso eram os olhos. Havia um leve sulco azulado de cada lado de seu nariz, subindo até a cavidade ocular, rodeando-a com uma sombra melancólica. Os olhos, envolvidos por essa sombra triste e bela, eram tão tristonhos, solitários, meigos e tragicamente nobres, que liquidavam qualquer outra emoção a não ser o amor.

O unicórnio aproximou-se de Meg, a ajudante de cozinha, e inclinou a cabeça a sua frente. Para fazer isso, arqueou lindamente a nuca, o chifre de madrepérola apontou para o chão a seus pés, e ele riscou a urze com sua pata de prata como se fizesse uma saudação. Meg esqueceu as lágrimas. Fez um gesto gentil de reconhecimento e estendeu a mão para o animal.

— Venha, unicórnio — ela disse. — Deita a cabeça em meu colo, se quiser.

O unicórnio soltou um pequeno relincho e bateu outra vez com a pata. Depois, muito cuidadosamente, dobrou primeiro um joelho e depois o outro, até estar curvado frente a ela. Olhou-a nessa posição, com seus olhos comovedores e, por fim, deitou a cabeça sobre os joelhos dela. Roçou sua face magra, lisa, na maciez do vestido dela, olhando-a como se em súplica. O branco de seus olhos revirou para cima, com uma centelha. Acomodou seu traseiro de maneira recatada e ficou quieto, olhando para cima. Os olhos brilhavam com confiança, e ele levantou sua parte dianteira em um gesto. Era apenas um movimento no ar, que dizia: "Agora, cuida de mim. Me dê um pouco de amor. Alisa minha crina, por favor?".

Agravaine fez um ruído sufocado no esconderijo e imediatamente saiu correndo em direção ao unicórnio, com a lança afiada de caçar javali nas mãos. Os outros meninos acocoram-se nos calcanhares para ver melhor.

Agravaine chegou junto do unicórnio e começou a espetar a lança em seus flancos, na barriga elegante, nas costelas. Ele gritava enquanto golpeava, e o unicórnio olhava angustiado para Meg. De repente, deu um salto e se moveu, ainda olhando para ela com reprovação, e Meg pegou seu chifre com uma das mãos. Ela parecia em transe, incapaz de evitar isso. O unicórnio não parecia capaz de se livrar do macio aperto da mão dela em seu chifre. O sangue, causado pela lança de Agravaine, jorrava de sua pelagem branco-azulada.

Gareth começou a correr, com Gawaine bem atrás dele. Gaheris veio por último, estupefato e sem saber o que fazer.

— Não! — gritou Gareth. — Deixa-o em paz. Não! Não!

Gawaine chegou quando a lança de Agravaine entrava em sua quinta costela. O unicórnio estremeceu. Tremia com todo o corpo, e esticou as pernas traseiras para trás. Elas se esticaram completamente, como se ele estivesse tentando dar seu maior salto — e então ele palpitou, tremendo na agonia da morte. Durante todo o tempo seus olhos estavam fixos nos olhos de Meg, e ela ainda olhava para baixo para os dele.

— O que você está fazendo! — gritou Gawaine. — Deixa-o em paz. Não o machuque.

— Oh, unicórnio — sussurrou Meg.

Agravaine gritou:

— Esta moça é minha mãe. Ele pôs a cabeça no colo dela. Tinha que morrer.

— Nós combinamos que cuidaríamos dele — gritou Gawaine. — Combinamos que o levaríamos para casa e poderíamos servir o jantar.

— Pobre unicórnio — disse Meg.

— Olhem — disse Gaheris. — Acho que ele está morto.

Gareth ficou de pé enfrentando Agravaine, que era três anos mais velho e poderia derrubá-lo facilmente.

— Por que você fez isso? — questionou. — Você é um assassino. Ele era um unicórnio lindo. Por que o matou?

— A cabeça dele estava no colo de nossa mãe.

— Ele não queria fazer nada de mal. Suas patas eram de prata.

— Era um unicórnio, e tinha que ser morto. Eu devia ter matado Meg também.

— Você é um traidor — disse Gawaine. — Poderíamos tê-lo levado para casa, e nos deixariam servir o jantar.

— De qualquer maneira, agora ele está morto — disse Gaheris.

Meg abaixou outra vez a cabeça sobre as madeixas brancas do unicórnio, e outra vez começou a soluçar.

Gareth começou a coçar a cabeça do unicórnio. Teve que se virar para esconder as lágrimas. Ao coçá-lo, descobriu como sua penugem era suave e macia. Pôde ver de perto seus olhos, agora rapidamente se fechando, e isso fez com que sentisse ainda mais fundo a tragédia.

— Bom, de qualquer maneira, agora ele está morto — disse Gaheris pela terceira vez. — É melhor levá-lo para casa.

— Conseguimos pegar um unicórnio — disse Gawaine, começando a perceber o prodígio daquele feito.

— Ele era uma fera — disse Agravaine.

— Nós o pegamos! Nós mesmos.

— Sir Grummore não conseguiu pegar nenhum.

— Mas nós conseguimos.

Gawaine tinha esquecido sua pena pelo unicórnio. Começou a dançar aos pulos em volta do corpo, agitando sua lança e dando gritos terríveis.

— Temos que retirar suas tripas — disse Gaheris — Devemos fazer as coisas adequadamente, e limpar suas tripas e colocá-lo sobre um pônei e levá-lo para o castelo, como caçadores profissionais.

— E então ela vai ficar contente!

— Ela vai dizer "Pelos pés do Senhor, meus filhos são de insuperável poder!".

— Vai nos deixar ser como Sir Grummore e o Rei Pellinore. Tudo vai dar certo para nós de agora em diante.

— Como vamos retirar as tripas?

— Vamos ter que dar um jeito — disse Agravaine

Gareth levantou-se e começou a se afastar nas urzes. Disse:

— Eu não quero ajudar a cortá-lo. Você quer, Meg?

Meg, que estava se sentindo muito mal, não respondeu. Gareth desamarrou seu cabelo — e de repente ela começou a correr, o mais rápido que podia, para longe da tragédia, em direção ao castelo. Gareth correu atrás dela.

— Meg, Meg! — ele gritou. — Me espera. Não corre!

Mas Meg continuou a correr, tão rápida quanto um antílope, com seus pés descalços desaparecendo num piscar de olhos, e Gareth desistiu. Ele se atirou nas urzes e começou a chorar para valer — sem saber o motivo.

Os três caçadores restantes tiveram problemas para tirar as tripas. Começaram abrindo a pele da barriga, mas não sabiam como fazer isso corretamente e perfuraram os intestinos. Tudo começou a ficar horrível, e o antes belo animal ficou estragado e repulsivo. Todos os três amavam o unicórnio a sua maneira, Agravaine, da maneira mais distorcida e, à medida que se tornavam responsáveis por estragar sua beleza, começaram a detestá-lo pela culpa que sentiam. Gawaine, particularmente, começou a odiar o corpo. Odiava-o por estar morto, por ter sido bonito, por fazê-lo se sentir um animal. Amara-o e ajudara a pegá-lo, e agora já nada havia a fazer exceto dar vazão à vergonha e ao ódio de si mesmo sobre o cadáver. Retalhava e cortava e sentia também vontade de chorar.

— Nunca conseguiremos levá-lo — ofegavam. — Como vamos carregá-lo até o castelo, mesmo se conseguirmos retirar as tripas?

— Mas temos que conseguir — disse Gaheris. — Temos que conseguir. Se não conseguirmos, de que adiantou tudo isso? Temos que levá-lo para casa.

— Não podemos carregá-lo.

— Não temos um pônei.

— Numa caçada, eles põem o animal atravessado sobre um pônei.

— Temos que cortar a cabeça dele — disse Agravaine. — Temos que cortar a cabeça dele, de alguma maneira, e levá-la. Se levarmos a cabeça, será o suficiente. Poderemos carregá-la todos juntos.

Portanto, puseram-se a trabalhar, abominando o que estavam fazendo, o horrendo trabalho de cortar fora aquela cabeça.

Gareth parou de chorar nas urzes. Virou-se de costas e imediatamente olhou direto para o céu. As nuvens passando majestosamente acima dele, nas alturas sem fim, provocaram-lhe vertigens. Ele pensou: qual será a distância até aquela nuvem? Um quilômetro? E até aquela outra, acima dela? Dois quilômetros? E além dela, mais um quilômetro e um quilômetro, e um milhão de milhão de quilômetros após quilômetros, todos no azul vazio. Talvez se eu caísse da terra agora, se a terra estivesse de cabeça para baixo, eu seguiria caindo e caindo. Tentaria pegar nas nuvens ao passar por elas, mas elas não me parariam. Aonde eu chegaria?

Esse pensamento fez Gareth se sentir meio zonzo e, como também se sentia envergonhado por ter fugido da retirada das tripas, começou a se sentir péssimo. Nessas circunstâncias, a única coisa a fazer era abandonar o lugar onde estava se sentindo assim, na esperança de deixar o desconforto atrás de si. Levantou-se e foi procurar os outros.

— Olá — disse Gawaine —, você conseguiu pegá-la?

— Não, ela fugiu para o castelo.

— Espero que ela não conte a ninguém — disse Gaheris. — Tem que ser uma surpresa ou não será bom para nós.

Os três açougueiros estavam molhados de suor e sangue, e se sentiam absolutamente miseráveis. Agravaine tinha vomitado duas vezes. No entanto, continuaram o árduo trabalho e Gareth ajudou-os.

— Não vale a pena parar agora — disse Gawaine. — Pensem em como será bom quando o levarmos para nossa mãe.

— Provavelmente ela vai subir as escadas para nos dar boa-noite, se pudermos lhe dar o que ela quer.

— Ela sorrirá e dirá que somos grandes caçadores.

Depois que cortaram a espantosa espinha dorsal, a cabeça era muito pesada para carregar. Eles se atrapalharam tentando levantá-la. Então Gawaine sugeriu que seria melhor se a puxassem com uma corda. Não havia nenhuma.

— Poderíamos puxá-la pelo chifre — disse Gareth. — De alguma maneira, podemos arrastar e puxar assim, enquanto for ladeira abaixo.

Só um de cada vez podia segurar o chifre, assim eles se revezaram para puxar enquanto os outros empurravam por trás, quando a cabeça ficava presa em uma raiz de urze ou um sulco. Mesmo dessa maneira, era pesada para eles, e tinham que parar mais ou menos de vinte em vinte metros, para revezar.

— Quando chegarmos ao castelo — arfava Gawaine — vamos colocá-la em um banco do jardim. Nossa mãe sempre passa por lá, em seu passeio antes do jantar. Então, ficaremos na frente até ela se aproximar e, de repente, todos juntos daremos um passo atrás e lá estará a cabeça.

— Ela ficará surpresa — disse Gaheris.

Quando finalmente conseguiram descer a ladeira, havia um novo obstáculo. Descobriram que já não seria possível puxá-la daquele jeito em terra plana, porque o chifre não dava apoio suficiente.

Nessa emergência, pois já estava chegando a hora do jantar, Gareth voluntariamente correu na frente para buscar uma corda. A corda foi amarrada em volta do que restava da cabeça, e assim, por fim, com os olhos arruinados, a carne esmagada e se desprendendo dos ossos, o troféu enlameado, sangrento, envolvido por urzes foi levado pela etapa final até o jardim. Eles levantaram a cabeça para colocá-la no banco e arrumaram sua crina da melhor maneira que puderam. Gareth, particularmente, tentou escorá-la para que desse uma pequena ideia da beleza da qual se lembrava.

A rainha mágica veio pontualmente para seu passeio, conversando com Sir Grummore e seguida por seus cachorros de estimação: Tray, Blanche e Queridinho. Não reparou em seus quatro filhos enfileirados frente ao banco. Eles estavam parados respeitosamente em fila, sujos, excitados, os corações batendo de esperança.

— Agora! — gritou Gawaine, e todos se moveram para o lado. A Rainha Morgause não viu o unicórnio. Sua cabeça estava ocupada com outras coisas. Seguiu em frente com Sir Gruinmore.

— Mamãe! — Gawaine gritou, com voz estranha, e correu atrás dela, puxando sua saia.

— Sim, meu branquelo? O que você quer?

— Ah, mamãe. Nós trouxemos um unicórnio para a senhora.

— Como são pretensiosos, Sir Grummore — ela disse. — Bem, meus gansinhos, vocês devem ir direto para a cozinha e tomar seu leite.

— Mas, mamãe...

— Sim, sim — ela disse em voz baixa. — Depois.

E a rainha seguiu adiante com o intrigado cavaleiro da Floresta Sauvage, rápida e reservada. Não percebera que as roupas de seus filhos estavam arruinadas: nem sequer ralhou com eles por causa disso. Quando, mais tarde, à noite, soube a respeito do unicórnio, mandou chicoteá-los como castigo, pois tinha passado um dia frustrante com os cavaleiros ingleses.

8

A planície de Bedegraine era uma floresta de pavilhões. Pareciam tendas de praia fora de moda e tinham todas as cores do arco-íris. Algumas, inclusive, eram listradas como tendas de praia, mas a maioria tinha apenas uma cor, amarela, verde e cores assim. Havia emblemas heráldicos pintados ou gravados dos lados — enormes águias negras com duas cabeças ou dragões alados, ou lanças ou carvalhos, ou jogos de palavras que se referiam aos nomes dos proprietários. Por exemplo, Sir Kay tinha uma chave (*key*) preta em sua tenda, e Sir Ulbawes, no campo oposto, um par de cotovelos (*elbows*) com mangas fofas. O nome adequado para isso seria *manchets.* Havia também bandeirolas flutuando no topo das tendas e feixes de lanças encostadas umas nas outras. Os barões mais esportistas tinham escudos ou grandes bacias de cobre do lado de fora da porta de sua tenda, e tudo que você tinha a fazer era encostar numa delas com a ponta de sua lança para o barão aparecer feito uma abelha furiosa e lutar com você, quase antes de o som ressoante terminar. Sir Dinadin, que era um homem brincalhão, pendurou um penico do lado de fora da sua tenda. E, então, havia as pessoas. Em torno e dentro das tendas havia cozinheiros brigando com cachorros que tinham comido pedaços de carneiro, e pequenos pajens gesticulando insultos nas costas de outro que não estivesse olhando, e menestréis elegantes com alaúdes, tocando canções folclóricas parecidas com *Greensleeves,* e escudeiros com expressões compungidas, tentando vender um para o outro cavalos esparavões, e homens com realejos tentando ganhar qualquer coisa tocando músicas antigas, e ciganas dizendo a sorte na batalha, e enormes cavaleiros com as cabeças enroladas em turbantes desarrumados jogando xadrez, e vivandeiras sentadas nos joelhos de um ou outro, e — como entretenimento — havia jograis, bufões, acrobatas, harpistas, trovadores, comediantes, menestréis, prestidigitadores, ursos dançarinos, dançarinos com ovos, dançarinos em escadas, dançarinos de bailado, saltimbancos, engolidores de fogo e equilibristas. De certa maneira, era como um dia de feira. A extraordinária floresta de Sherwood se estendia ao redor da floresta de tendas mais além do que os olhos podiam ver — e estava cheia de javalis ferozes, cervos, foras da lei, dragões e borboletas raras. Havia também uma emboscada na floresta, mas ninguém devia saber sobre ela.

O Rei Arthur não se preocupava com a batalha prestes a acontecer. Mantinha-se invisível em seu pavilhão, no centro de toda aquela excitação, e conversava com Sir Ector ou Kay ou Merlin, dia após dia. Os capitães inferiores estavam deliciados, pensando que seu rei realizava inúmeros conselhos de guerra, pois bem podiam ver o lampião aceso dentro da tenda de seda até altas horas e tinham certeza de que ali se inventava um esplêndido plano de batalha. Na realidade, a conversa era sobre outras coisas,

— Haverá muita inveja — disse Kay. — Todos esses cavaleiros de sua Ordem vão dizer que são os melhores e vão querer se sentar à cabeceira da mesa.

— Então, vamos ter uma mesa redonda, sem cabeceiras.

— Mas, Arthur, você nunca conseguirá sentar cento e cinquenta cavaleiros ao redor de uma mesa redonda. Vamos ver...

Merlin, que agora dificilmente interferia na discussão, mas ficava sentado com as mãos dobradas sobre o estômago, sorrindo, veio em auxílio de Kay.

— Teria que ter cerca de quarenta e cinco metros de diâmetro — ele disse. — Você calcula isso com $2\pi r$.

— Certo, então. Digamos que tenha quarenta e cinco metros de diâmetro. Pense em todo o espaço no meio. Seria um oceano de madeira com uma fina borda de humanos em torno. Tampouco se poderia colocar a comida no meio, porque ninguém conseguiria alcançá-la.

— Então poderíamos ter uma mesa circular — disse Arthur —, e não redonda. Não sei qual a palavra mais adequada. Quero dizer que podemos ter uma mesa com a forma de um aro de roda de carroça, e os servos poderiam andar pelo espaço vago, onde estaria o raio da roda. Poderíamos chamá-los de Cavaleiros da Távola Redonda.

— Nome excelente!

— E o mais importante — continuou o rei, que quanto mais pensava mais sábio ficava — o mais importante será atrair os jovens. Os velhos cavaleiros, aqueles contra os quais estamos lutando, em geral estão velhos demais para aprender. Acho que podemos convencê-los a entrar e mantê-los lutando da maneira certa, mas estarão inclinados aos velhos hábitos, como Sir Bruce. Grummore e Pellinore — teremos que contar com eles, claro — mas onde será que eles estão agora? Grummore e Pellinore estarão bem, porque sempre foram mesmo boa gente. Mas acho que o povo de Lot nunca se sentirá muito à vontade com essa mudança. É por isso que digo que temos que pegá-los jovens. Devemos criar uma nova geração de cavaleiros para o futuro. Aquele menino Lancelot que veio com vocês-sabem-quem, por exemplo: precisamos de jovens como ele. Eles serão a verdadeira Távola.

— A propósito dessa Távola — disse Merlin — não sei porque não deveria lhe dizer que o Rei Leodegrance tem uma que poderia servir muito bem. Como você vai se casar com a filha dele, pode persuadi-lo a lhe dar a mesa como presente de casamento.

— Eu vou casar com a filha dele?

— Certamente. Ela se chama Guenevere.

— Olha, Merlin, eu não gosto de saber sobre o futuro e sequer tenho certeza se acredito nessas coisas...

— Existem algumas coisas que tenho que lhe dizer, quer você acredite nelas ou não — respondeu o mago. — O problema é que eu tenho a sensação de que estou esquecendo de lhe dizer alguma coisa. Não me deixe esquecer de lhe avisar sobre Guenevere outra hora.

— Isso confunde qualquer pessoa — disse Arthur, reclamando. — Fico confuso sobre a metade das questões que quero lhe perguntar. Por exemplo, quem foi minha...

— Você terá de fazer festas especiais para Pentecostes e coisas assim, — interrompeu Kay — quando todos os cavaleiros virão para o jantar e contarão o que fizeram. Se tiverem que falar sobre o que fizeram, isso pode fazê-los querer lutar de acordo com essa nova maneira que você está propondo. E Merlin poderia escrever seus nomes nos devidos lugares, com magia, e o brasão de suas armaduras poderia ser gravado nas cadeiras. Seria magnífico!

Essa ideia excitante fez o rei esquecer sua pergunta, e os dois jovens sentaram-se imediatamente para desenhar os próprios brasões para o mago, para que não houvesse nenhum engano em relação às cores. Quando estavam no meio dos desenhos, Kay levantou os olhos, com a língua entre os dentes, e comentou:

— Falando nisso, vocês se lembram daquela discussão que tivemos sobre agressão? Bem, eu pensei em uma boa razão para começar uma guerra.

Merlin ficou gelado.

— Gostaria de saber qual é.

— Uma boa razão para começar uma guerra é simplesmente ter uma boa razão! Por exemplo, pode haver um rei que descubra uma nova maneira de viver para os seres humanos — sabe, alguma coisa que será melhor para eles. Pode até mesmo ser a única maneira de salvá-los da destruição. Bom, se os seres humanos forem muito perversos ou muito estúpidos para aceitarem essa maneira, ele pode ter que forçá-los a isso pela espada, no próprio interesse deles.

O mago apertou os punhos, torceu sua veste em vários pontos e começou a se tremer todo.

— Muito interessante — comentou, com voz trêmula. — Muito interessante. Havia um homem exatamente assim quando eu era jovem, um austríaco que inventou uma nova maneira de vida e se convenceu de que era quem ia fazer a coisa funcionar. Tentou impor sua reforma pela espada e mergulhou o mundo civilizado na miséria e no caos. Mas o que esse sujeito tinha esquecido, meu amigo, era que ele teve um predecessor nesse negócio de reforma, chamado Jesus Cristo. Talvez possamos supor que Jesus sabia tanto quanto o austríaco sabia sobre isso de salvar as pessoas. Mas o estranho é que Jesus não transformou seus discípulos em tropas de ataque, nem queimou o Templo de Jerusalém e nem pôs a culpa em

Pôncio Pilatos. Ao contrário, ele deixou claro que o trabalho do filósofo era tornar as ideias *acessíveis* e *não* impô-las às pessoas.

Kay ficou pálido, mas manteve-se obstinado.

— Arthur está travando a guerra atual para impor suas ideias ao Rei Lot — disse.

9

A sugestão da rainha de caçar o unicórnio teve um efeito curioso. Quanto mais perdido de amor se tornava Pellinore, mais óbvio ficava que algo deveria ser feito. Sir Palomides teve uma inspiração.

— A melancolia real — ele disse — só pode ser desfeita pela Besta Gemente. Este foi o objetivo da vida inteira do marajá *sahib*.* Esse seu verdadeiro amigo ouve você dizer isso o tempo todo.

— Pessoalmente — disse Sir Grummore —, acredito que a Besta Gemente está morta. De qualquer maneira, está em Flandres.

— Então precisamos fingir — disse Sir Palomides. — Precisamos assumir o papel da Besta Gemente e deixar que ele nos cace.

— Dificilmente poderíamos fingir que somos a Besta Gemente. Mas o sarraceno já levara longe a ideia.

— Por que não? — perguntou. — Por que não, por Deus? Os comediantes se vestem de animais, como cervos, bodes ou seja o que for e dançam ao som de sinos e tambor, com muitos giros e circunflexões.

* Forma de tratamento respeitosa usada por europeus importantes na India colonial. (N. E.)

— Mas, realmente, Palomides, nós não somos comediantes.

— Mas podemos aprender a ser!

— Comediantes!

Um comediante era como um prestidigitador, um tipo inferior de menestrel, e Sir Grummore não se entusiasmou nada com a ideia.

— Como poderíamos nos vestir como a Besta Gemente? — perguntou, desanimado. — Ela é um animal incrivelmente complicado.

— Descreva-a

— Bom, vá lá. Ela tem cabeça de serpente e corpo de leopardo e quadris de leão e patas de veado. E, espera aí, caramba!, como poderíamos fazer o barulho da barriga dela, como trinta parelhas de cães de caça em perseguição?

— Esse seu verdadeiro amigo pode ser a barriga — retrucou Sir Palomides —, e fará assim com a língua.

Ele começou a fazer um barulho de assustar.

— Silêncio! — gritou Sir Grummore. — Vai acordar o castelo.

— Então, estamos de acordo?

— Não, não estamos. Nunca escutei tanta estupidez em toda minha vida. Além disso, ela não faz um barulho assim. Ela faz um barulho assim.

E Sir Grummore começou a berrar em contralto desafinado, como milhares de gansos selvagens no brejo.

— Silêncio! Silêncio! — gritou Sir Palomides.

— Não ficarei em silêncio. O barulho que você estava fazendo parecia de porcos.

Os dois naturalistas começaram a piar, grunhir, grasnar, guinchar, cocoricar, mugir, rosnar, fungar, roncar, latir e miar um para o outro, até ficarem com as faces vermelhas.

— A cabeça — disse Sir Grummore, parando de repente — terá de ser de papelão.

— Ou de lona — disse Sir Palomides. — O povo de pescadores terá lona, certamente.

— Podemos arranjar botas de couro para fazer as patas.

— Podemos pintar manchas no corpo.

— Teremos que ter botões no meio...

— ...onde nos ligaremos um ao outro.

— E você — acrescentou Sir Palomides, generoso — pode ser a parte traseira e fazer os sons. Todos afirmam que o barulho vem da barriga.

Sir Grummore corou de prazer e disse, com voz rouca, ao estilo normando:

— Bom, obrigado, Palomides. Devo dizer que reconheço que isso é magnificamente decente de sua parte.

— Que nada!

Durante uma semana, o Rei Pellinore quase não viu seus amigos.

— Vá escrever poemas, Pellinore — eles lhe disseram — ou vá suspirar nos rochedos, seja um bom companheiro.

De vez em quando, ele vagava sem rumo, gritando: "Flandres — Glandres" ou "Filha — fervilha", quando lhe ocorria alguma rima, enquanto a sombria rainha o seguia de longe.

Enquanto isso, no quarto de Sir Palomides, onde a porta estava sempre fechada à chave, havia tanto recorte e costura e pintura e discussão como raras vezes se vira antes.

— Querido companheiro, eu lhe digo que um leopardo tem pintas pretas.

— Castanho-avermelhadas — Sir Palomides teimava.

— Que cor é essa, castanho-avermelhada? E de qualquer maneira, não temos essa cor por aqui.

Olharam-se um para o outro, com o furor de criadores.

— Experimenta a cabeça.

— Pronto, você a rasgou. Eu disse que isso ia acontecer.

— Era de construção frágil.

— Temos que construir outra.

Quando a reconstrução terminou, o pagão afastou-se um pouco para admirá-la.

— Cuidado com as pintas, Palomides. Pronto, você borrou tudo.

— Mil perdões!

— Você tem de olhar por onde anda!

— Bem, quem pôs o pé nas costelas?

No segundo dia houve problemas com o traseiro.

— Essas coxas são grandes demais.

— Não as dobre.

— Tenho que dobrá-las, se vou ser a parte traseira.

— Elas não vão se quebrar.

— Sim, vão.

— Não, não vão.

— Bem, já quebraram.

— Cuidado com meu rabo — disse Sir Grummore, no terceiro dia. — Você está pisando nele.

— Não segure com tanta força, Grummore. Meu pescoço está torcido.

— Você não consegue ver?

— Não, não consigo. Meu pescoço está torcido.

— Lá se foi meu rabo.

Houve uma pausa enquanto eles se arrumavam.

— Agora, com cuidado dessa vez. Devemos dar os passos em conjunto.

— Você dá as ordens.

— Esquerda! Direita! Esquerda! Direita!

— Acho que meus quadris estão caindo.

— Se você continuar mexendo assim a cintura, vamos nos partir ao meio.

— Bom, não posso segurar minhas coxas a menos que faça isso.

— Lá se vão os botões.

— Malditos botões.

— Esse seu verdadeiro amigo tinha lhe avisado.

Assim, eles tiveram que costurar os botões no quarto dia e começar de novo.

— Posso praticar meu som agora?

— Sim, claro.

— Como ele soa a partir de dentro?

— Esplêndido, Grummore, esplêndido! Só que, de certa maneira, parece estranho, vindo de trás, se é que você me entende.

— Achei que estava soando abafado.

— Sim, um pouco.

— Talvez soe bem do lado de fora.

No quinto dia, eles estavam bem adiantados.

— Precisamos praticar um galope. Afinal, não podemos andar o tempo todo, não quando ele estiver nos caçando.

— Muito bem.

— Quando eu disser "Vá", então vá. Pronto, firme, vá!

— Cuidado, Grummore, você está me dando cabeçadas.

— Cabeçadas?

— Cuidado com a cama.

— O que você disse?

— Oh, céus!

— Não vi a cama, com os infernos! Ai, minha canela!

— Você arrebentou os botões outra vez!

— Malditos botões. Bati meu dedão.

— Bom, sua cabeça verdadeira também está aparecendo.

— Vamos ter que ficar apenas andando.

— Seria mais fácil galopar — disse Sir Grummore, no sexto dia — se tivéssemos alguma música. Algo como a marchinha *Galopar*, sabe.

— Bom, não temos música.

— Não.

— Será que você poderia cantar *Galopar*, Palomides, enquanto eu estiver fazendo meu barulho?

— Esse seu verdadeiro amigo poderia, sim, tentar.

— Muito bem, então, lá vamos nós!

— Galopar, galopar, galopar!

— Maldição!

— Vamos ter que começar tudo outra vez — disse Palomides, no final da semana. — Ainda podemos usar os cascos.

— Não acho que vai doer muito se cairmos lá fora, no musgo, entende?

— E provavelmente não vai rasgar a lona tanto assim.

— Vamos fazê-la com costura dupla.

— Sim.

— Fico contente porque pelo menos os cascos ainda servirão.

— Por Jove, Palomides, está mesmo parecendo um monstro!

— Um esforço esplêndido, desta vez.

— Pena não poder fazer algum fogo sair de sua boca, ou algo assim.

— Correria perigo de combustão.

— Vamos tentar outro galope, Palomides?

— Ah, vamos!

— Empurra a cama para o canto, então.

— Atenção com os botões.

— Se você vir alguma coisa à nossa frente, pare, entende?

— Sim.

— Preste bem atenção, Palomides.

— Certo, Grummore.

— Pronto, então?

— Pronto.

— Lá vamos nós.

— Essa foi uma esplêndida arrancada, Palomides — exclamou o cavaleiro da Floresta Sauvage.

— Um galope nobre.

— Você reparou como eu estava fazendo meu som o tempo todo?

— Não dava para não reparar, Sir Grummore.

— Ora, ora, não me lembro de quando me diverti tanto!

Eles ofegaram em triunfo, dentro do monstro.

— Veja como estalo meu rabo, Palomides!

— Encantador, Sir Grummore. Agora, olha como pisco um dos meus olhos.

— Não, não, Palomides. Olha você para meu rabo. Não dá para perder isso, realmente.

— Bom, se eu tenho de olhar você estalar seu rabo, você tem de olhar para minhas piscadelas. Isso é o justo.

— Mas eu não posso ver nada daqui de dentro.

— Quanto a isso, sir Grummore, esse seu verdadeiro amigo também só pode ver seu apanágio anal.

— Bom, então, vamos dar uma última volta. Vou estalar meu rabo o tempo todo e berrar como louco. Será um espetáculo terrível.

— E você saberá que esse seu verdadeiro amigo estará piscando um olho ou o outro.

— Você não poderia saltitar um pouco no galope, Palomides, de vez em quando? Um tipo de passo saltitante, sabe?

— Isso poderia ser efetuado com mais naturalidade pela parte traseira, em solo.

— Você quer dizer que posso fazer isso sozinho?

— Efetivamente.

— Bem, devo dizer que isso é extraordinariamente decente de sua parte, Palomides, me deixar dar o salto.

— Esse seu verdadeiro amigo confia que você exercerá uma certa quantidade de cuidado no salto, para evitar, como consequência, golpes desconfortáveis no traseiro do quarto dianteiro, certo?

— Como você queira, Palomides.

— A postos!, Sir Grummore.

— Avante!, Sir Palomides.

— Galopar, galopar, galopar, aventura, lá vamos nós!

A rainha reconheceria o impossível. Mesmo no miasma de sua mente gaélica, acabara percebendo que asnos não cruzam com pítons. Era inútil continuar dramatizando seus encantos e talentos para atrair esses ridículos cavaleiros — inútil tentar caçá-los com as iscas cruéis do que ela pensava ser amor. Com súbita reviravolta de sentimentos, descobriu que os odiava. Eram imbecis, como eram todos os *sassenachs,* e ela era uma santa. E com a mudança de postura, ela descobriu, estava interessada, apenas em seus queridos filhos. Era a melhor mãe do mundo! Seu coração batia por eles, seu peito maternal intumescia. Quando Gareth, todo nervoso, trouxe urze branca como uma desculpa por ter sido chicoteado, ela o cobriu de beijos, olhando-se de soslaio no espelho.

Ele se desvencilhou do abraço e secou as lágrimas — em parte desconfortável, em parte em êxtase. A urze que ele trouxera foi dramaticamente colocada em um copo sem água — ela sentia-se totalmente doméstica — e ele foi autorizado a sair. Saiu precipitadamente do quarto real com a notícia do perdão, rodopiando pela escada em espiral como um pião.

Era um castelo diferente daquele por onde o Rei Arthur costumava correr quando menino. Um normando dificilmente o consideraria como um castelo, exceto pela torre quadrangular. Era mil anos mais antigo do que qualquer coisa que os normandos conheciam.

Esse castelo, pelo qual o menino corria para levar a seus irmãos a boa nova do amor da mãe, começara, nas brumas do passado, como aquele estranho símbolo dos Antigos — um forte de promontório. Empurrados para o mar pelo vulcão da história, eles se abrigaram na última península. Com o mar literalmente às costas, em uma língua de terra escarpada, construíram sua única muralha através da raiz da língua. O mar, que era sua maldição, era também seu defensor de todos os outros lados. Ali, no promontório, os canibais pintados de azul tinham empilhado uma muralha ciclópica de pedras sem argamassa, com quatro metros de altura e o mesmo de grossura, com terraços do lado de dentro dos quais podiam arremessar suas pederneiras. Do lado de fora da muralha tinham cravado milhares de pedras pontiagudas na turfa, cada pedra apontando para fora em um *chevaux de frise*,* parecendo ouriços petrificados. Atrás disso, e atrás da muralha enorme, eles se amontoavam em cabanas de madeira, junto com os animais domésticos. Havia cabeças de inimigos enfiadas em estacas para decoração, e o rei tinha construído, ele mesmo, uma câmara subterrânea de tesouro que era também uma passagem subterrânea de fuga. Passava por baixo da muralha para que, mesmo se o forte fosse sitiado, ele pudesse rastejar até a retaguarda de seus atacantes. Era uma passagem por onde apenas um homem poderia rastejar de cada vez e fora construída com uma curva especial, onde ele poderia esperar para bater na cabeça de seu perseguidor, se esse tentasse passar pelo obstáculo. Os construtores do subterrâneo foram todos executados pelo próprio rei-sacerdote, para mantê-lo em segredo.

Tudo isso aconteceu no milênio anterior.

Com a permanência dos Antigos, Dunlothian cresceu lentamente. Ali, com a conquista escandinava, surgiu uma casa grande de madeira; aqui, as pedras originais da muralha protetora tinham sido retiradas para a cons-

* Em francês no original: defesas afiadas de madeira ou pedras, nas fortalezas pré-históricas. [N. T.]

trução uma torre redonda para os padres. A torre quadrangular, com um estábulo por baixo das duas câmaras atuais, fora construída por último.

Portanto, foi entre esses destroços desordenados dos séculos que Gareth correu procurando seus irmãos. Correu entre escoras e adaptações — passando por velhas lápides que celebravam um Deag filho de um No há muito tempo morto, e depois embutidas, de cabeça para baixo, em alguma coluna. Estava no topo de uma falésia varrida pelo vento e expurgada até os ossos pelos ares do Atlântico, sob a qual se abrigava uma pequena vila de pescadores entre as dunas. Era como se fosse o herdeiro de um panorama que abrangia umas tantas dezenas de quilômetros de vagalhões e centenas de quilômetros de cúmulos. Ao longo de toda a costa, os santos e estudiosos de Eriu habitavam iglus de pedras em sagrada horripilância — recitando cinquenta salmos em suas colmeias, e cinquenta ao ar livre, e cinquenta com os corpos mergulhados na água fria, em sua aversão pelo brilho do mundo. São Toirdealbhach estava longe de ser um exemplo da sua espécie.

Gareth encontrou seus irmãos na despensa.

A despensa cheirava a aveia, presunto, salmão defumado, bacalhau seco, cebolas, óleo de tubarão, picles de arenque em tinas de madeira, cânhamo, cereais, penas de galinha, cera de vela, leite — a manteiga era batida ali às quintas-feiras —, madeira de pinho da estação, maçãs, ervas secas, cola de peixe e verniz usados pelos flecheiros, especiarias de além-mar, rato morto em ratoeira, carne de veado, algas marinhas, lascas de madeira, ninhadas de gatinhos, peles de ovelhas da montanha ainda não vendidas e o cheiro pungente do alcatrão.

Gawaine, Agravaine e Gaheris estavam sentados nas peles de ovelhas, comendo maçãs. Estavam no meio de uma discussão.

— Não é da nossa conta — dizia Gawaine teimosamente.

Agravaine queixou-se:

— Claro que é da nossa conta. É da nossa conta mais do que da conta de qualquer um, e não é certo.

— Como ousa dizer que nossa mãe não está certa?

— Não está.

— Está, sim.

— Se você não pode dizer mais nada a não ser se contrapor...

— Para *sassenachs,* eles são decentes — disse Gawaine. — Sir Grummore me deixou experimentar seu elmo a noite passada.

— Isso não tem nada a ver.

Gawaine disse:

— Não quero falar sobre isso. É vil falar sobre isso.

— Gawaine, o puro!

Quando Gareth entrou, pôde ver a face de Gawaine, sob seu cabelo ruivo, se incendiar frente a Agravaine. Era óbvio que estava preste a ter outro de seus ataques de raiva — mas Agravaine era um daqueles desafortunados intelectuais demasiado orgulhosos para se render à força bruta. Era do tipo que é derrubado em uma briga porque não consegue se defender, mas continua a discutir caído no chão, zombando, "Continua, vamos, me dê mais uns sopapos para mostrar como é esperto".

Gawaine olhou-o ferozmente.

— Cala essa boca!

— Não vou calar.

— Eu farei você se calar.

— Se você fizer ou não fizer, dará no mesmo.

Gareth disse:

— Silêncio, Agravaine. Gawaine, deixa-o em paz. Agravaine, se você não se calar, ele vai matá-lo.

— Eu não me importo se ele me matar. O que eu disse é verdadeiro.

— Cala essa boca.

— Não calarei. Eu disse que devemos redigir uma carta para nosso pai sobre esses cavaleiros. Devemos contar para ele o que nossa mãe tem feito. Devemos...

Gawaine caiu sobre ele antes que terminasse a frase.

— Sua alma é do diabo! — gritava. — Traidor! Ah, então você faria uma coisa dessas!

Agravaine fizera algo sem precedentes nas questões familiares. Ele era o mais fraco dos dois e temia a dor. Ao cair, erguera seu punhal contra o irmão.

— Cuidado com a arma dele — gritou Gareth.

Os dois se engalfinharam sobre as peles enroladas de ovelhas.

— Gaheris, agarra a mão dele! Gawaine, deixa-o em paz! Agravaine, solta isso! Agravaine, se não soltar isso, ele vai matar você. Ah, seu estúpido!

O rosto do menino estava azul e de vez em quando se via o punhal. Gawaine, com as mãos em volta da garganta de Agravaine, batia ferozmente a cabeça dele no chão. Gareth pegou a camisa de Gawaine pela nuca e a torceu para fazer com que sufocasse. Gaheris, hesitando em volta deles, procurava o punhal.

— Solta! — arfou Gawaine. — Solta!

Ele fez um barulho abafado como uma tosse rouca, vindo do fundo do peito, como um jovem leão rosnando.

Agravaine, cujo pomo de Adão tinha sido machucado, relaxou os músculos e ficou deitado, tossindo, de olhos fechados. Parecia que ia morrer. Puxaram Gawaine de cima dele e o seguraram, enquanto ele ainda tentava se desvencilhar para chegar até sua vítima e terminar o trabalho.

Era curioso como, ao entrar em uma dessas fúrias negras, Gawaine parecia não dar valor à vida humana. Mais tarde, chegaria até a matar mulheres, quando entrava nessa fase — embora se arrependesse amargamente depois.

Quando a imitação da Besta Gemente ficou pronta, os cavaleiros a esconderam em uma caverna aos pés das escarpas, acima da marca da água. Depois, tomaram um pouco de uísque para celebrar e, quando começou a escurecer, saíram à procura do rei.

Encontraram-no em seu quarto, com uma pena de escrever e uma folha de pergaminho. Não havia nenhum poema no pergaminho — só um desenho que supostamente seria um coração trespassado por uma flecha, com dois pês desenhados dentro dele, entrelaçados. O rei estava fungando.

— Perdão, Pellinore — disse Sir Grummore — mas vimos uma coisa nos penhascos.

— Uma coisa ruim?

— Bem, não exatamente...

— Esperava que fosse.

Sir Grummore refletiu sobre a situação e puxou o sarraceno para um lado. Decidiram que era necessário ter tato.

— Ah, Pellinore — disse Sir Grummore, de uma maneira inocente — o que você tem aí?

— O que você acha que é?

— Parece um tipo de desenho.

— É isso mesmo — disse o rei. — Eu gostaria que vocês dois se retirassem. Quer dizer, se pudessem aceitar a sugestão.

— Seria melhor se você fizesse uma linha aqui — prosseguiu Sir Grummore.

— Onde?

— Aqui, onde está a porquinha.

— Meu caro amigo, não sei sobre o que você está falando.

— Lamento, Pellinore, pensei que você estivesse desenhando sua Piggy de olhos fechados.

Sir Palomides achou que era hora de interferir.

— Sir Grummore observou um fenômeno, por Jove! — ele disse com reserva.

— Um fenômeno?

— Uma coisa — explicou Sir Grummore.

— Que tipo de coisa? — perguntou o Rei, desconfiado.

— Uma coisa de que você vai gostar.

— Tinha quatro pernas — acrescentou o sarraceno.

— Era um animal — perguntou o rei —, vegetal ou mineral?

— Animal.

— Um porco? — perguntou o rei, que começava a achar que eles queriam dizer alguma coisa.

— Não, não, Pellinore. Não é um porco. Tire imediatamente os porcos de sua cabeça. Essa coisa faz um barulho como cães de caça.

— Como sessenta cães de caça — explicou Sir Palomides.

— É uma baleia! — gritou o rei.

— Não, não, Pellinore. Uma baleia não tem pernas.

— Mas faz um barulho parecido.

— Faz?

— Meu caro amigo, como vou saber? Você deve tentar esclarecer melhor a questão.

— Eu sei, mas qual é a questão, o quê? Parece um jogo de bichos.

— Não, não, Pellinore. É uma coisa que vimos e que faz um barulhão de latido de cães de caça.

— Ah, sei — ele suspirou. — Eu gostaria que vocês dois ou fossem embora ou ficassem calados. Essa coisa de baleia e porcos, e agora essa coisa que faz barulho de latidos, na maior parte do tempo a pessoa acaba sem saber sobre o que estão falando. Vocês não podem deixar um homem em paz, para desenhar suas coisinhas e se enforcar tranquilamente, nem que seja por uma vez? Quero dizer, não é pedir muito, é? O quê, vocês não acham?

— Pellinore — disse Sir Grummore — você tem que se animar. Nós vimos a Besta Gemente.

— Por quê?

— Por quê?

— Sim, por quê?

— Por que você pergunta por quê? Quero dizer — explicou Sir Grummore —, você poderia perguntar "Onde?" ou "Quando?" Mas por que "Por quê?"

— Por que não?

— Pellinore, você perdeu todo o sentido de decência? Nós vimos a *Besta Gemente,* é o que estou lhe dizendo. Vimos a coisa nos rochedos daqui, bem perto.

— Não é uma coisa. É um animal.

— Meu caro, não importa o que ela é. Nós a vimos.

— Então por que não foram pegá-la?

— Não somos nós que devemos pegá-la, Pellinore. É você. Afinal, ela é o trabalho de sua vida, não é?

— Ela é estúpida — disse o rei.

— Talvez seja estúpida, talvez não seja — disse Sir Grummore, em tom ofendido. — A questão é que ela é a sua *magnum opus.* Só um Pellinore pode pegá-la. Você nos falou isso várias vezes.

— E qual é o sentido de pegá-la? — perguntou o monarca. — O quê? Afinal, provavelmente ela está feliz nos rochedos. Não vejo porque vocês estão fazendo todo esse alarde. — E continuou, saindo pela tangente — Parece espantosamente triste que as pessoas não possam se casar, quando querem se casar. Quero dizer, o que significa esse animal para mim? Não me casei com ele, casei? Então, por que devo ficar atrás dele o tempo todo? Não parece lógico.

— Você precisa é de uma boa caçada, Pellinore. Sacudir esse fígado.

Eles tiraram a pena de sua mão e lhe deram vários copos cheios até a borda de uísque, sem se esquecerem de tomar um ou dois tragos eles também.

— Parece a única coisa a fazer — o rei disse, de repente. — Afinal, só um Pellinore pode pegar a Besta.

— Assim é que se fala!

— Mas é que eu fico triste às vezes — ele acrescentou, antes que pudessem pará-lo —, pensando na filha de Rainha de Flandres. Ela não é bonita, Grummore, mas me compreendia. Dávamos-nos bem juntos, se é que você me entende. Eu talvez não seja muito esperto e posso me meter em problemas quando estou sozinho, mas quando eu estava com Piggy ela sempre sabia o que fazer. Era uma boa companhia também. Não é ruim ter um pouco de companhia quando você está levando sua vida, sobretudo quando tem que caçar a Besta Gemente o tempo todo, o quê? E muito solitário, na Floresta. Não que a Besta Gemente não seja uma companhia, a sua maneira — pelo menos, enquanto foi. Só que não dá para conversar com ela sobre as coisas, não como com Piggy. E ela não sabe cozinhar. Não sei por que estou lhes aborrecendo, rapazes, com toda essa conversa, mas realmente às vezes a pessoa sente-se quase incapaz de continuar. Não é como se Piggy fosse um capricho, sabem? Eu realmente a amo, Grummore, de verdade, e se pelo menos ela tivesse respondido às minhas cartas, teria sido tão bom...

— Pobre velho Pellinore — eles disseram.

— Eu vi sete pegas hoje, Palomides. Estavam voando uma atrás da outra. Uma, para tristeza — explicou o rei. — A segunda, para alegria, a terceira, para casamento, e a quarta, para um filho. Portanto, sete pegas devem significar quatro filhos, não deve, o quê?

— Sim, deve ser — disse Sir Grummore

— Eles se chamariam Aglovale, Percivale e Lamorak, e então haveria um com um nome engraçado de que não me recordo. Agora, tudo isso acabou. No entanto, devo confessar, eu teria gostado de ter um filho chamado Dornar.

— Olhe, Pellinore, você deve aprender a deixar o passado passar. Assim, só vai conseguir se desgastar. Em vez disso, por que não ser um bravo cavaleiro e ir atrás de sua Besta?

— Suponho que devo.

— Exatamente. Tira de sua mente essas outras coisas.

— Há dezoito anos tenho caçado a Besta — disse o rei, pensativo. — Seria uma mudança conseguir pegá-la. Onde estará minha cadela?

— Ah, Pellinore! Agora, sim, você está falando como deve!

— Quem sabe nosso honorável monarca não queira começar de uma vez?

— O quê? Esta noite, Palomides? No escuro?

Sir Palomides cochichou para Sir Grummore, secretamente;

— Golpeie o ferro enquanto ele está em alta temperatura.

— Entendo o que você quer dizer.

— Não acho que importa — disse o rei. — Nada importa, realmente.

— Muito bem, então — exclamou Sir Grummore, tomando o controle da situação. — Isso é o que faremos. Deixaremos nosso velho Pellinore em uma das pontas das falésias hoje à noite mesmo, e então nós dois esquadrinharemos o lugar metodicamente em direção a ele. A Besta certamente vai estar por lá, pois foi vista esta tarde.

— Você não achou inteligente — Grummore perguntou, enquanto se vestiam no escuro — a maneira como expliquei porque estaríamos aqui, quer dizer, para dirigir o animal?

— Uma inspiração — disse Sir Palomides — Minha cabeça está no lugar certo?

— Meu caro amigo, não posso ver nada.

A voz do sarraceno pareceu desconfortável.

— Essa escuridão — ele disse — parece quase palpável.

— Não importa — disse Sir Grummore. — Ela vai esconder qualquer pequena falha de nosso disfarce. Talvez a lua apareça mais tarde.

— Graças a Deus a espada dele geralmente está cega.

— Ora, vamos, Palomides, você não deve ficar com o pé atrás. Não sei exatamente o por quê, mas me sinto perfeitamente esplêndido. Talvez tenham sido todos aqueles tragos. Esta noite vou saltitar e ladrar como nunca, pode deixar comigo.

— Você está se abotoando com os meus botões, Sir Grummore. São os botões errados.

— Perdão, Palomides.

— Não seria suficiente você agitar seu rabo no ar em vez de saltitar? Há um certo desconforto para o quarto dianteiro durante os saltos.

— Vou agitar meu rabo e também vou saltitar — disse Sir Grummore, com firmeza.

— Seja como você quiser.

— Tire sua pata do meu rabo por um momento, Palomides.

— Você poderia carregar seu rabo debaixo do braço na primeira parte da jornada.

— Isso não seria natural.

— Não.

— E agora — acrescentou Sir Palomides, amargo — vai chover. Pensando nisso, quase sempre chove por aqui.

Esticou o braço moreno para fora da boca da serpente e sentiu as gotas caindo. Elas batiam na lona como uma saraivada de granizos.

— Meu velho quarto dianteiro — disse Sir Grummore alegremente, pois estava cheio de uísque. — Para começar, foi você quem teve a ideia de fazer esta expedição. Anime-se, velho mouro. Será muito pior para Pellinore, esperando a nossa chegada. Afinal, ele não tem um esconderijo de lona com manchas, onde se abrigar.

— Talvez a chuva pare.

— Claro que vai parar. Este é o começo, velho pagão. Agora, então, prontos?

— Sim.

— Dê o passo, então.

— Esquerda! Direita!

— Não esqueça o *Galopar.*

— Esquerda! Direita! Galopar! Galopar! Perdão, não estou escutando.

— Eu só estava ladrando.

— Galopar! Galopar!

— Agora, o salto!

— Ah, por favor, Sir Grummore!

— Lamento, Palomides.

— Esse seu verdadeiro amigo vai ter mesmo dificuldade para se sentar.

Sob as escarpas debaixo da chuva, o Rei Pellinore estava completamente parado, olhando vagamente à sua frente. Sua cadela, presa a uma corda comprida, enrolara-se ao seu redor várias vezes. Ele estava com sua armadura completa, que enferrujava, e a chuva entrava por cinco lugares. Entrava por ambos os lados do queixo, pelos dois antebraços, mas o pior lugar era pela viseira. Ela fora construída a partir do princípio da tromba, pois se acreditava que quanto mais feio fosse o elmo mais amedrontaria o inimigo. O Rei Pellinore parecia um porco inquisitivo. No entanto, deixava a chuva entrar por suas narinas e a água descia em um fio corrente que fazia cócegas em seu peito. O rei estava pensando.

Bem, ele pensava, isso os deixará tranquilos. Não era nada agradável ficar debaixo dessa chuva e tudo o mais, mas os queridos companheiros pareciam estar muito interessados nisso. Seria difícil achar alguém mais gentil que o velho Grum, e Palomides parecia um tipo amigável, embora fosse um pagão. Se eles queriam ter uma farra como essa, a coisa decente era agradá-los. Além disso, era bom para a cadela sair um pouco. Era uma pena ela nunca conseguir ficar sem se enrolar, mas, enfim, não se pode interferir com a natureza. Ele teria que passar toda a manhã seguinte esfregando sua armadura.

Isso seria algo para fazer, refletiu o rei, tristemente, o que era melhor que ficar vagando por aí o tempo todo, com sua eterna tristeza roendo-lhe o coração. E começou outra vez a pensar em Piggy.

A melhor coisa sobre a filha da Rainha de Flandres é que ela não ria dele. Muitas pessoas riem de você quando você sai atrás de uma Besta Gemente — e nunca consegue pegá-la — mas Piggy não ria. Pareceu entender imediatamente como aquilo era interessante e fez várias sugestões sensatas sobre a maneira de emboscá-la. Naturalmente, ele não tinha a presunção de se passar por esperto ou coisa que o valha, mas era legal ter alguém que não risse dele. Ele estava fazendo o melhor possível.

E então chegou o terrível dia quando aquela maldita barcaça ancorou na praia. Eles tiveram que entrar nela, porque cavaleiros nunca devem recusar uma aventura, e a barca imediatamente se pôs a navegar. Ficaram um tempão acenando adeus para Piggy, e a Besta pôs sua cabeça para fora da floresta e chapinhou na água atrás deles, parecendo muito perturbada. Mas a barcaça continuou navegando, e as pequenas figuras na praia foram diminuindo até que mal podia ver o lenço que Piggy continuava agitando, e então a cadela começou a enjoar.

De todos os portos, ele escreveu para ela. Deu as cartas para os estalajadeiros de todos os lugares, e eles prometeram que as enviariam. Mas ela jamais enviou uma única sílaba em resposta.

Era porque ele não a merecia, pensou o rei. Era indeciso e nada esperto e sempre se metia em confusões. Por que a filha da Rainha de Flandres escreveria para uma pessoa assim, especialmente depois que ele foi embora e entrou em uma barcaça mágica e desapareceu? Era como se a tivesse abandonado, e claro que ela teria toda a razão de estar chateada. Enquanto isso, a chuva continuava caindo, e a água ia escorrendo por dentro da armadura, e agora a cadela começara a espirrar. A armadura ficaria enferrujada, e tinha uma espécie de corrente de ar entrando por sua nuca onde o elmo se aparafusava. Estava escuro e horrível. Uma coisa pegajosa começou a gotejar das escarpas.

— Perdão, Sir Grummore, mas é você que está soprando no meu ouvido?

— Não, não, querido companheiro. Continue, continue. Eu estou apenas fazendo o meu barulho da melhor maneira que posso.

— Não é ao seu barulho que estou me referindo, Sir Grummore, mas a um tipo de respiração de natureza rouca.

— Meu querido companheiro, não adianta me perguntar. Tudo que posso escutar daqui é um tipo de estalo, como um bramido.

— Responda a esse seu verdadeiro amigo se você acha mesmo que a chuva vai parar. E se importaria se também parássemos?

— Bem, Palomides, se você precisa parar, então, precisa. Mas se não fizermos isso logo, vou ter que costurar tudo de novo. Por que você quer parar?

— Preferia que não estivesse tão escuro.

— Mas você não pode parar só porque está escuro.

— Não. Tem gente que aprecia assim.

— Então, meu rapaz, continue. Esquerda! Direita! Essa é a marcha!

— Escute, Grummore — disse Sir Palomides mais tarde. — Aí está de novo.

— O quê?

— O sopro, Sir Grummore.

— Tem certeza de que não sou eu? — perguntou Sir Grummore.

— Positivo. É uma espécie de sopro de ameaça ou amoroso, parecido com a orca. Sinceramente, esse pagão gostaria que não estivesse tão escuro.

— Bom. Não se pode ter tudo. Em frente, Palomides, seja um bom companheiro, vá.

Depois de um tempo, Sir Grummore disse com voz sepulcral:

— Caro amigo, você pode parar de ficar me dando cabeçadas o tempo todo.

— Mas eu não estou fazendo isso.

— Bom, o que é então?

— Esse seu verdadeiro amigo não tem possibilidade de lhe dar cabeçadas.

— Mas alguma coisa fica batendo em mim por trás.

— Não é seu rabo?

— Não. Ele está enrolado ao meu lado.

— De qualquer maneira, seria impossível bater em você por trás, porque as patas dianteiras estão na frente.

— Olhe, outra vez!

— O quê?

— A batida! Definitivamente, é uma agressão, Palomides, estamos sendo atacados.

— Não, não, Sir Grummore. Você está imaginando coisas!

— Palomides, precisamos virar!

— Para quê, Sir Grummore?

— Para ver o que está batendo em mim por trás.

— Esse seu verdadeiro amigo não pode ver nada, Sir Grummore. Está escuro demais. — Ponha sua mão para fora da boca e veja o que pode sentir.

— Posso sentir uma espécie de coisa redonda.

— Sou eu, Sir Palomides. Sou eu, por trás.

— Sinceras desculpas, Sir Grummore.

— Não foi nada, companheiro, não foi nada. O que mais você pode sentir?

A voz gentil do sarraceno começou a fraquejar.

— Uma coisa fria — ele disse — e... escorregadia.

— Ela se move, Palomides?

— Sim, se move e... funga.

— Funga?

— Funga.

Nesse momento, a lua apareceu.

— Poderes misericordiosos! — gritou Sir Palomides, com voz alta e trêmula, ao olhar para fora de sua boca. — Corra, Grummore, corra! Esquerda, direita! Rápido, galope! Galope duplo! Mais rápido, mais rápido! Mantenha o passo. Ai! meus pobres cascos. Ai! meu Deus! Ai! minha cabeça!

Não adiantava, decidiu o rei. Provavelmente, eles se perderam ou ficaram vagando por aí para se distraírem. O tempo estava tremendamente úmido, como quase sempre em Lothian, e realmente ele tinha feito o que podia para acatar o plano dos amigos. Agora, eles estavam sabe-se lá por onde — até podia-se dizer que não tiveram consideração com ele — e o abandonaram para se enferrujar com essa miserável cadela. Era lamentável.

Com um movimento decidido, dirigiu-se para a cama, puxando a cadela atrás dele.

No meio de uma fenda, em uma das falésias mais escarpadas, com a maioria dos botões arrebentados, a falsa Besta discutia com seu estômago.

— Mas, meu prezado cavaleiro, como poderia esse seu verdadeiro amigo prever uma calamidade dessa natureza?

— Deveria ter pensado — respondeu o estômago, furioso. — Você nos fez vestir a fantasia. A culpa é sua.

Ao pé da falésia, a Besta Gemente, a própria, em uma atitude sentimental, esperava à luz romântica do luar por sua cara metade. Atrás dela estava a paisagem do oceano de prata. Em diferentes pontos da paisagem, várias dúzias de Antigos, inclinados e curvados, examinavam atentamente a situação, escondidos entre as pedras, montes de areia, montes de conchas, iglus e coisas parecidas — tentando em vão penetrar nos sutis segredos dos ingleses.

10

Em Bedegraine era a noite da véspera da batalha. Vários bispos abençoavam os exércitos de ambos os lados, escutavam confissões e rezavam a missa. Os homens de Arthur mantinham-se reverentes com essas coisas — mas os homens do Rei Lot faziam o maior tumulto — pois este era o costume em todos os exércitos que iam ser derrotados. Os bispos asseguravam aos dois lados que tinham certeza da vitória, porque Deus estava com eles, mas os homens do Rei Arthur sabiam que eram excedidos em número, de três para um, então achavam melhor ficarem mais contritos. Os homens do Rei Lot, que também sabiam dos números, passaram a noite dançando, bebendo, jogando e contando histórias picantes. De qualquer maneira, é isso o que dizem as crônicas.

Na tenda do rei da Inglaterra, a última reunião do grupo tinha acabado, e Merlin ficara para trás para ter uma conversinha. Parecia preocupado.

— Por que você está preocupado, Merlin? Depois de tudo, vamos perder essa batalha?

— Não. Você vencerá essa batalha, isso é certo. Não há problema em lhe contar isso. Você dará o melhor de si e lutará com todas as suas forças, e chamará você-sabe-quem no momento certo. Está na sua natureza vencer a batalha, portanto não tem problema lhe contar isso. Não. É outra coisa que eu deveria ter lhe contado que agora me preocupa.

— O que é?

— Céus benditos! Por que ficaria preocupado se pudesse me lembrar do que é?

— É sobre a donzela chamada Nimue?

— Não. Não. Não. Não. É um assunto completamente diferente. Era sobre algo... era sobre algo de que não consigo me lembrar. — Depois de um momento, Merlin tirou a barba da boca e começou a contar nos dedos.

— Eu já lhe contei sobre Guenevere, não contei?

— Não acredito nisso.

— Não importa. E já lhe avisei sobre ela e Lancelot.

— Esse aviso — disse o Rei — de qualquer maneira seria vil, quer seja verdadeiro ou falso.

— Então já lhe contei o pedaço sobre Excalibur e sobre como você deve ter cuidado com a bainha.

— Já.

— Já lhe contei sobre seu pai, portanto não pode ser sobre ele, e já lhe dei uma indicação sobre o tipo de pessoa que ele foi. O que está me confundindo — exclamou o mago, puxando seu cabelo em tufos — é que não me recordo se é coisa do passado ou do futuro.

— Não se preocupe com isso — disse Arthur — Não gosto mesmo de saber o futuro. Eu preferiria que você não se preocupasse com isso, porque assim acaba também me deixando preocupado.

— Mas é algo que devo dizer. Algo vital.

— Pare de pensar nisso — sugeriu o Rei — e aí, de repente, vai se lembrar. Você deveria tirar umas férias. Tem ocupado demais sua mente esses últimos tempos, com todos esses avisos e preparativos para a batalha.

— Eu *tirarei* umas férias — exclamou Merlin. — Assim que essa batalha acabar, irei em uma caminhada para Humberland do Norte. Tenho um Mestre chamado Bleise que mora lá e talvez possa me dizer o que estou tentando lembrar. Depois, poderemos observar as aves selvagens. Ele é um grande observador de aves selvagens.

— Ótimo — disse Arthur. — Tire umas longas férias. Depois, quando voltar, poderemos pensar em alguma coisa para evitar Nimue.

O velho parou de mexer com os dedos e olhou firme para o rei.

— Você é um cara inocente, Arthur — ele disse. — E também bom, realmente.

— Por quê?

— Você lembra alguma coisa das mágicas que fiz com você quando menino?

— Não. Você fez mágicas comigo? Lembro-me de que me interessava por pássaros e animais. Na verdade, é por isso que ainda mantenho minha casa dos bichos na Torre. Mas eu passei por mágicas?

— As pessoas se esquecem — disse Merlin. — E suponho que você também não se lembra das parábolas que eu costumava lhe contar quando tentava lhe explicar certas coisas.

— Claro que me lembro. Havia uma sobre um rabino que você me contou quando eu quis levar Kay para algum lugar. Jamais consegui entender porque a vaca morreu.

— Bom, quero lhe contar outra parábola agora.

— Eu adoraria.

— No Oriente, talvez no mesmo lugar de onde aquele Rabino Jachanan veio, havia um certo homem que andava no mercado de Damasco quando encontrou a Morte. Notou uma expressão de surpresa no horrendo semblante do espectro, mas eles passaram um pelo outro sem dizer nada. O homem ficou amedrontado e foi a um sábio para perguntar o que deveria fazer. O sábio falou que provavelmente a Morte viera a Damasco para levá-lo na manhã seguinte. O pobre homem ficou aterrorizado com isso e perguntou como poderia escapar. A única solução que ocorreu aos dois foi que a vítima deveria viajar a noite toda até Alepo, evitando assim a caveira e seus ossos sangrentos.

"Então, esse homem seguiu até Alepo — era uma viagem horrível que nunca fora feita antes em uma única noite — e quando lá chegou foi passear pelo mercado, congratulando-se por ter escapado da Morte.

"Justo então, a Morte apareceu e bateu em seu ombro. 'Desculpe-me', ela disse, 'mas vim aqui buscar você'. 'Oh, não!', disse o homem aterrorizado, 'vi você ontem em Damasco'. 'Exatamente', disse a Morte. 'Foi por isso que fiquei surpresa, pois tinham me dito para encontrar com você hoje, aqui em Alepo.'"

Arthur ponderou sobre essa horrível charada durante alguns momentos, depois disse:

— Então, não adianta tentar escapar de Nimue?

— Mesmo que eu quisesse — disse Merlin — não adiantaria. Há uma coisa sobre o Tempo e o Espaço que o filósofo Einstein vai descobrir. Algumas pessoas chamam a isso de Destino.

— Mas o que não consigo aceitar é esse negócio do sapo-metido-no--buraco.

— Ah, bom — disse Merlin. — As pessoas fazem muita coisa por amor. E depois o sapo não é necessariamente infeliz em seu buraco, não mais do que você quando está dormindo, por exemplo. Terei muito tempo para refletir, até que me tirem de lá de novo.

— Então, vão tirar você?

— Vou lhe dizer uma outra coisa, rei, que talvez lhe seja uma surpresa. Isso só acontecerá daqui a centenas de anos, mas nós dois vamos voltar. Você sabe o que será escrito no seu túmulo? *Hic jacet Arthurus Rex quondam Rexque futurus.* Você se recorda do seu latim? Isso significa "rei do passado e do futuro".

— Eu vou voltar assim como você?

— Alguns dizem que será do vale de Avalon.

O rei pensou sobre isso em silêncio. Havia uma lua cheia no céu e quietude no pavilhão iluminado. Não se escutavam as sentinelas andando na relva.

— Pergunto-me — ele disse por fim — se eles se lembrarão da nossa Távola.

Merlin não respondeu. Sua cabeça estava apoiada na barba branca e suas mãos entrelaçadas nos joelhos.

— Que tipo de pessoas serão eles, Merlin? — exclamou o jovem, infeliz.

11

A Rainha de Lothian recolheu-se a seus aposentos, cortando a comunicação com os hóspedes, e Pellinore teve seu desjejum sozinho. Depois saiu para caminhar na praia, admirando as gaivotas que voavam acima dele como penas brancas de escrever cujas cabeças tivessem sido elegantemente mergulhadas na tinta. Os velhos corvos marinhos estavam parados em pose de crucifixos nas pedras, secando as asas. Ele estava triste como de costume e também desconfortável, porque sentia falta de alguma coisa. Mas não sabia o que era. Se pudesse se lembrar, saberia que era de Palomides e Grummore.

Poucos momentos depois, foi atraído por gritos e foi investigar.

— Aqui, Pellinore! Oi! Estamos aqui!

— Por quê, Grummore? — ele perguntou com interesse. — O que vocês estão fazendo aí em cima?

— Veja a Besta, cara, veja a Besta!

— Oh, bravo, vocês encontraram a velha Glatisant.

— Meu caro amigo, pelos céus faça alguma coisa. Nós passamos a noite toda aqui.

— Mas por que estão vestidos assim, Grummore? Você está todo cheio de pintas ou algo parecido. E o que Palomides tem na cabeça?

— Não fique aí perguntando, homem de Deus!

— Mas você está com um tipo de rabo, Grummore. Eu posso ver um rabo pendurado no seu traseiro.

— Claro que estou com um rabo. Será que você não pode parar de falar e fazer alguma coisa? Passamos a noite toda nessa maldita fenda e estamos mortos de fadiga. Vamos, Pellinore, mate a sua Besta de uma vez.

— Ora, vamos! Por que eu deveria querer matá-la?

— Céus benditos, você não está tentando matá-la há dezoito anos? Agora, vamos logo com isso, Pellinore, seja um bom companheiro e faça alguma coisa. Se você não fizer algo rápido, nós dois vamos acabar caindo.

— O que não consigo entender — disse o rei, queixoso — é por que estão nessa fenda. E por que estão com essa roupa? Parecem estar disfarçados como um tipo de Besta, vocês dois. E, de qualquer maneira, de onde a Besta surgiu, o quê? Quero dizer, é tudo tão repentino.

— Pellinore, de uma vez por todas, mate a Besta.

— Por quê?

— Porque foi ela que nos perseguiu até esse penhasco.

— Não é comum ela fazer isso — observou o Rei. — Geralmente ela não se interessa por pessoas.

— Palomides acha que ela se apaixonou por nós — disse Sir Grummore com voz rouca.

— Se apaixonou?

— Bom, veja, estamos fantasiados como uma Besta.

— O igual ama seu igual — explicou Sir Palomides, debilmente.

Lentamente, o Rei Pellinore começou a rir, pela primeira vez desde que chegou a Lothian.

— Essa agora! — ele disse — Benza-me Deus! Vocês já ouviram coisa igual? Por que Palomides acha que ela se apaixonou por ele?

— A Besta — disse Sir Grummore, com dignidade — ficou a noite toda rodeando o penhasco. Às vezes, fica se esfregando e ronronando. E às vezes curva seu pescoço ao redor das pedras e nos olha com certo tipo de olhar.

— Que tipo de olhar, Grummore?

— Meu caro amigo, olha para ela agora.

A Besta Gemente, que não tinha prestado a mínima atenção à chegada de seu mestre, estava olhando Sir Palomides com a alma em seus olhos. Seu queixo estava pressionado nos pés do penhasco em arrebatada paixão e, ocasionalmente, abanava o rabo. Movia-o lateralmente pela superfície dos seixos, onde numerosos tufos e folhagens heráldicas faziam um ruído farfalhante, e às vezes arranhava o penhasco com um pequeno suspiro. Então, sentindo que tinha ido longe demais, dobrava o gracioso pescoço de serpente e escondia a cabeça por baixo da barriga, espreitando para cima com o canto de um olho.

— Bom, Grummore, o que você quer que eu faça?

— Queremos sair daqui — disse Sir Grummore.

— Isso eu posso ver — disse o rei. — Parece uma ideia sensata. Veja bem, eu não entendo exatamente como a coisa toda começou, o quê, mas isso eu posso entender, com certeza.

— Então, mate-a, Pellinore. Mate a miserável criatura.

— Ah, realmente — disse o rei. — Quanto a isso, não tenho certeza. Afinal, que mal ela fez? Todo o mundo entende os amantes. Não vejo porque a pobre Besta deva ser morta só porque está apaixonada. Quero dizer, eu também estou apaixonado, não estou, o quê? Isso me dá um certo sentimento de solidariedade.

— Rei Pellinore — disse Sir Palomides, determinado —, a menos que algumas medidas sejam tomadas bem rapidamente, seus amigos serão instantaneamente martirizados, R.I.P, *Requiescat in Pace.*

— Mas, meu caro Palomides, não posso de nenhuma maneira matar a velha Besta, você não entende? Minha espada é cega.

— Então, bata com a espada na cabeça dela, Pellinore. Dê-lhe um bom golpe na cabeça e talvez ela tenha uma concussão.

— Isso está muito bem para você, Grummore, velho amigo. Mas suponha que não a atordoe. Ela pode perder o humor, Grummore, e então o que faço eu? Pessoalmente, não posso entender, de jeito nenhum, porque vocês querem atacar a criatura. Afinal, ela está apaixonada por vocês, não está, o quê?

— Seja qual for a razão para o comportamento do animal, a questão é que estamos aqui nesta situação.

— Então, tudo o que precisam fazer é sair daí.

— Meu caro, vamos descer para sermos atacados?

— Será apenas uma espécie amorosa de ataque — o rei observou, confiante. — Tipo fazer certos avanços. Não acredito que ela faça nenhum mal a vocês. Tudo que vocês teriam que fazer seria caminhar na frente dela até chegar ao castelo, o quê? Na verdade, vocês poderiam talvez encorajá-la um pouco. Afinal, todo mundo gosta de ter seu afeto retribuído.

— Você está sugerindo — perguntou Sir Grummore, friamente — que devemos flertar com esse seu réptil?

— Com certeza ficaria mais fácil. Quero dizer, a caminhada até o castelo.

— E como vamos fazer isso, por favor?

— Bom, Palomides poderia enroscar seu pescoço no dela um pouquinho, sabe?, e você poderia agitar seu rabo. Lamber o nariz dela seria impossível, imagino?

— Esse seu verdadeiro amigo — disse finalmente Sir Palomides, frágil e com aversão — não pode nem enroscar seu pescoço nem lamber. E neste momento ele está prestes a cair. *Adieu.*

Com isso, o infeliz pagão soltou as duas mãos da fenda e pareceu que ia mergulhar nas garras do monstro — mas Sir Grummore o pegou a tempo, e os botões restantes o seguraram em posição.

— Pronto! — disse Sir Grummore. — Veja o que você fez.

— Mas, meu caro amigo...

— Eu não sou seu caro amigo. Você está simplesmente nos abandonando para sermos destruídos.

— Oh, não!

— Sim, está. Impiedosamente!

O rei coçou a cabeça.

— Será — ele disse em dúvida — que eu poderia agarrá-la pelo rabo enquanto vocês fogem?

— Então, faça isso. Se você não fizer algo imediatamente, Palomides vai cair, e viraremos picadinho.

— Pra começar, eu ainda não consigo entender porque vocês se vestiram assim. É um grande mistério para mim — disse o rei tristemente. — Entretanto — acrescentou, pegando a Besta pelo rabo —, vamos, minha velha, venha! Eia, eia! Temos que fazer o melhor que pudermos nessas circunstâncias. Agora, então, vocês dois, corram por suas vidas. Depressa, Grummore. Não acho que a Besta esteja contente, pelo que estou sentindo. Ah, sua coisa abominável, obedeça! Corra, Grummore! Besta desagradável! Pá! Sua chata! Chata! Deixa-os! Rápido, gente, rápido! Fujam! Não toque! Corram! Ela vai se safar em um minuto! Senta, ouviu? Senta! Ui! Besta horrível! Malcriada! Mais rápido, Grummore. Senta, senta! Quieta, Besta! Como ousa? Cuidado, homens, ela está indo! Oh, será possível, será possível? Pronto! Agora ela me mordeu!

Por um triz alcançaram a ponte levadiça, que foi içada atrás deles na hora agá.

— Ufa! — disse Sir Grummore, desabotoando seu disfarce e enxugando a testa.

— Buuuu! — gritaram várias mulheres da aldeia que estavam no castelo entregando ovos. Algumas pessoas do círculo do castelo sabiam falar uma certa forma de inglês, inclusive São Toirdealbhach e Mãe Morlan.

— Eia! Que se findou, descartou, acabou a lúgubre fera — disse o homem da ponte levadiça. — Ai, que pânico no coração deles!

— Perigando nós também — disseram os passantes.

— Sir Palomides, coitado — disseram vários dos Antigos que sabiam do apuro que eles passaram à noite na fenda do penhasco, sem falar nada sobre isso, como era o costume, por medo de serem culpados de alguma coisa —, vai se despencar de frente e ter um troço.

Viraram-se para examinar o pagão e viram que era como haviam dito. Sir Palomides desmaiara numa pilha de pedras, sem sequer tirar fora sua cabeça e estava respirando com dificuldades. Eles a tiraram e jogaram um balde de água em seu rosto. Depois o abanaram com seus aventais.

— Ah, coitado do pobre — disseram com simpatia — O sarraceno! O selvagem de cor escura! Não volta mais? Dá outro tapinha aqui. Ah, mais salpico d'aguinha.

Sir Palomides reviveu aos poucos, soltando bolhas pelas narinas.

— Onde está esse seu verdadeiro amigo? — perguntou a Grummore.

— Estamos no castelo, meu velho. Conseguimos nos salvar. A Besta ficou lá fora.

Confirmando a declaração de Sir Grummore, veio um rosnado triste através da grade do portão, como se trinta parelhas de cães de caça estivessem latindo para a lua. Sir Palomides tremeu.

— Devemos olhar lá fora para ver se o Rei Pellinore está vindo.

— Sim, Sir Grummore. Só um segundo para respirar.

— A Besta pode ter feito algum mal a ele.

— Pobre companheiro.

— Como você se sente?

— A indisposição está passando — disse Sir Palomides, com firmeza.

— Não há tempo a perder. Ela pode estar comendo-o nesse momento.

— Em frente, então — disse o pagão, ficando de pé. — Direto para as ameias.

Assim, o grupo todo subiu as escadas estreitas da torre quadrangular.

Abaixo deles, parecendo pequena e de cabeça para baixo vista aquela altura, a Besta Gemente estava sentada na ravina que bordeava o castelo daquele lado. Sentava-se em uma pedra arredondada, com o rabo inflamado, e olhava para cima da ponte levadiça com a cabeça inclinada para um lado. Sua língua estava pendurada. Não se via Pellinore.

— Comendo-o, ela não está, com certeza — disse Sir Grummore.

— A menos que já o tenha comido.

— Não acho que ela teve tempo de fazer isso, meu velho, de jeito nenhum.

— E teria deixado alguns ossos ou coisa assim. Pelo menos, a armadura.

— Exato.

— O que acha que devemos fazer?

— É desconcertante.

— Acha que devemos fazer uma busca?

— Podemos esperar para ver o que acontece, Palomides, você não acha?

— Não saltar sem olhar antes para onde se está saltando — assentiu Palomides.

Depois de meia hora só olhando, a facção dos Antigos ficou entediada com a falta de diversão. Desceram correndo as escadas para jogar pedras na Besta Gemente, a partir da muralha. Os dois cavaleiros ficaram na vigia.

— É uma situação intrigante, esta.

— Realmente é.

— Quero dizer, é preciso conseguir uma solução.

— Exato.

— De um lado a Rainha das Órcades chateada com alguma coisa... não pude deixar de observar que ela ficou um tanto estranha depois daquele unicórnio... e Pellinore todo desanimado, do outro lado. E você supostamente apaixonado por La Beale Isoud, não está? E agora essa Besta atrás de nós dois.

— Uma situação confusa.

— O amor — disse Sir Grummore, desconfortável — é uma paixão realmente muito forte, quando se pensa sobre isso.

Nesse momento, como se para confirmar a opinião de Sir Grummore, um par de figuras enlaçadas apareceu caminhando lentamente ao longo do rochedo.

— Grandíssima glória! — exclamou Sir Grummore — Quem são aqueles?

Quando se aproximaram, a identidade deles ficou clara. Um era o Rei Pellinore, e vinha com o braço envolvendo a cintura de uma senhora forte, de meia-idade, vestida com uma saia de montar. Tinha um rosto vermelho, meio grosseiro, e carregava um chicotinho de caça na mão livre. Seu cabelo estava amarrado em um coque.

— Deve ser a filha da Rainha de Flandres!

— Olhem aqui, vocês dois! — gritou o Rei Pellinore, assim que os viu de longe. — Olhem! Vejam! O que vocês acham, podem adivinhar? Quem haveria de imaginar, o quê? Quem vocês acham que eu encontrei?

— Ahá! — gritou a gordinha, com voz sorridente, maliciosamente dando-lhe pancadinhas no rosto com o chicotinho de caça. — Mas quem encontrou quem, hein?

— Sim, sim, eu sei! Não fui eu quem a encontrei, na verdade; foi ela quem me encontrou. O que vocês acham disso? E vocês sabem o quê? — continuou o rei, deliciado — nenhuma de minhas cartas poderia ser respondida! Nunca pus nosso endereço no envelope! Não tínhamos nenhum! Sempre desconfiei que havia alguma coisa errada. Então Piggy montou em seu cavalo, sabem?, e veio em minha busca por pântanos e florestas! A Besta Gemente a ajudou muito — tem um excelente olfato —, e aquela nossa barcaça mágica deve ter uma ou duas ideias na cabeça, pois voltou para buscá-las quando viu que eu estava transtornado. Como foi gentil! Elas a encontraram em uma enseada e aqui estão!

— Mas por que estamos de pé aqui? — gritou o rei. Ele estava tão excitado que ninguém mais tinha tempo de falar nada. — Isto é, quero dizer, por que estamos gritando tanto? É educado, vocês acham? Vocês dois poderiam descer e nos deixar entrar? O que está errado com essa ponte levadiça, afinal?

— É a Besta, Pellinore, a Besta! Ela está na ravina.

— O que há de errado com a Besta?

— Ela está sitiando o castelo.

— Ah, sim, agora me lembro — disse o rei. — Ela me mordeu. E o que vocês acham? — ele continuou, levantando a mão no ar para mostrar que estava enfaixada. — Piggy a enfaixou para mim na hora. Ela a amarrou com um pedaço das... bem, vocês sabem.

— Das anáguas — sorriu a filha da Rainha de Flandres.

— Sim, sim, das anáguas dela!

O rei se sacudiu com risadinhas.

— Tudo isso está muito bem, Pellinore, tudo isso está muito bem. Mas o que você vai fazer em relação à Besta?

Sua Majestade estava inebriada de alegria.

— Oh, a Besta! — ele gritou. — É este o problema? Logo dou um jeito nela!

— Agora, então! — ele exclamou, marchando para a beira da ravina e agitando sua espada. — Vamos, vamos! Vá embora! Xô! Xô!

A Besta Gemente olhou para ele de maneira distraída. Abanou o rabo em um gesto vago de reconhecimento, depois voltou sua atenção para o portão. As pedras ocasionais que os Antigos estavam jogado nela, a Besta as pegava e engolia com destreza, daquele jeito exasperante que as galinhas têm quando se tenta enxotá-las.

— Baixem a ponte! — ordenou o rei — Eu cuidarei dela! Xô, vamos, xô!

A ponte foi baixada com hesitação. A Besta imediatamente se aproximou, esperançosa.

— Agora, vamos — gritou o rei. — Você corre para dentro, enquanto eu defendo a retaguarda.

A ponte chegou ao chão e, antes que o tocasse, Piggy já estava correndo por ela. O Rei Pellinore, menos ágil ou mais distraído por sua doce paixão, colidiu com Piggy no portão. A Besta Gemente correu atrás deles e derrubou o rei.

— Cuidado! Cuidado! — gritaram todos os guardas, esposas de pescadores, falcoeiros, ferreiros, flecheiros e todos os demais observadores que desejavam um final feliz e haviam se juntado lá dentro.

A filha da Rainha de Flandres virou-se como uma tigresa para defender seu filhote.

— Para fora, sua barulhenta sem-vergonha — ela gritou, batendo com seu chicotinho de caça no nariz da criatura. A Besta Gemente recuou com lágrimas escorrendo dos olhos, e a grade do portão bateu com estrondo entre eles.

À noite, uma nova crise começou a se desenvolver. Ficou claro que a Glatisant pretendia sitiar o castelo até que sua companheira aparecesse e, nessas circunstâncias, os Antigos que trouxeram os ovos para o mercado recusavam-se a sair pelo portão sem uma escolta. No final, os três cavaleiros do sul tiveram que acompanhá-los até os pés do rochedo, com as espadas em riste.

Na rua da aldeia, São Toirdealbhach esperava para receber o comboio, um Silenus desordeiro, amparado por quatro meninos. Seu hálito cheirava forte a uísque e ele estava com o ânimo dilacerado, sacudindo sua clava.

— Nem uma história a mais — gritava. — Não sou eu, afinal, quem vai se casar com a velha Mãe Morlan, depois de lutar contra Duncan agora mesmo, e nunca nunca mais ser um santo?

— Parabéns! — diziam os meninos pela centésima vez.

— Nós também estamos felizes — acrescentou Gareth. — Podemos servir o jantar todas as noites!

— Glória a Deus! É assim todo dia, pelos céus?

— Sim, e nossa mãe nos leva para passear.

— Bom, então. Louve os jovens e eles virão!

O santo avistou o comboio e começou a berrar como um iroquês.

— Venham, rebeldes!

— Calma, agora — os meninos lhe disseram. — Calma, Sua Santidade. As espadas não são para serem enfrentadas, de jeito nenhum!

— Por que não seriam? — ele inquiriu, com indignação, e seguiu para beijar o Rei Pellinore e exalar seu forte hálito sobre ele.

O rei disse:

— Quero perguntar, você vai realmente se casar? Eu também. Você está nervoso?

Como resposta, o santo homem entrelaçou os braços na nuca do rei e o levou até a taberna de Mãe Morlan — não inteiramente para satisfação de Pellinore, pois ele queria correr de volta para Piggy —, mas era óbvio que uma despedida de solteiro teria que ser celebrada. Todo o miasma gaélico dissipara-se como bruma que era — fosse sob a influência do amor ou do uísque ou por sua própria natureza de bruma — e os três sulistas por fim, independentemente do trauma racial, se viram aceitos como indivíduos e convidados no caloroso coração do Norte.

12

A batalha de Bedegraine aconteceu perto de Sorhaute, na floresta de Sherwood, durante o feriado de Pentecostes. Foi uma batalha decisiva porque no século XII, foi de várias maneiras algo equivalente ao que mais tarde seria chamado de uma Guerra Mundial.

Os onze reis estavam prontos para enfrentar seu soberano, à maneira normanda — ao estilo de caça à raposa de Henrique II e seus filhos — por esporte e ganhos e sem intenção verdadeira de ferir pessoalmente um ao outro. Eles — os reis com os cavaleiros de sua nobreza semelhantes a tanques — estavam preparados para um esporte arriscado. Era o tipo de risco do qual Jorrocks gostava de falar. O Rei Lot poderia realmente ter dito, com razão, que a rebelião que comandava contra Arthur era a cópia de uma caça à raposa sem a culpa, e com apenas vinte e cinco por cento do perigo.

Mas os onze reis precisavam de um ambiente para suas façanhas. Mesmo se os cavaleiros não quisessem realmente matar-se uns aos outros em grande escala, não havia razão para não matar os servos. Segundo a avaliação deles, seria mesmo um péssimo dia de esporte se, no final, não pudessem contar com uma sacola cheia de caça.

Portanto, a guerra, como os senhores rebelados pensavam lutá-la, seria um tipo de batalha dupla, ou uma guerra dentro de outra guerra. No círculo exterior, havia sessenta mil infantes e soldados marchando com os Onze, e essas tropas recrutadas, mal-armadas, estavam açuladas, por causa da tragédia do povo gaélico, contra os vinte mil soldados de infantaria do exército *sassenach* de Arthur. Entre os exércitos havia uma séria animosidade racial. Mas era uma animosidade insuflada de cima — pelos nobres que não estavam sinceramente ansiosos pelo sangue do outro. Tal como eram, esses exércitos podiam ser comparados a matilhas de cães de caça, cujo enfrentamento um contra o outro era comandado por um Mestre de Cães, que considerava a questão como um jogo excitante. Se, por exemplo, os cães se tornassem incontroláveis, Lot e seus aliados estariam prontos para passar para o lado dos cavaleiros de Arthur, para sufocar o que, então, considerariam uma verdadeira rebelião.

Os nobres do círculo interno, de ambos os lados, de certa maneira eram, por tradição, muito mais amistosos uns com os outros do que com seus próprios homens. Para eles, as multidões de soldados eram necessárias para a sacola da caça e para propósitos cênicos. Para eles, uma boa guerra tinha que ter muitos "braços, ombros e cabeças voando pelo campo de batalha e pancadas ressoando à beira das águas e floresta". Mas os braços, ombros e cabeças seriam dos peões, e os golpes que ressoariam, sem quebrar muitas costelas seriam trocados pela nobreza de ferro. Essa era, de qualquer maneira, a ideia da batalha no comando de Lot. Quando suficientes peões tivessem sido decapitados e suficientes golpes duros tivessem sido aplicados aos capitães ingleses, Arthur reconheceria a impossibilidade de continuar resistindo. Ele capitularia. Os termos financeiros da paz seriam negociados — o que renderia um excelente lucro em resgates — e tudo ficaria mais ou menos como antes — exceto que a ficção do soberano feudal seria abolida, o que, em todo caso, já era mesmo uma ficção.

Naturalmente, uma guerra desse tipo seria provavelmente cercada de cerimonial, assim como a caça à raposa também o é. Começaria com o encontro previamente anunciado, se o tempo permitisse, e seria conduzida de acordo com os precedentes.

O Rei Arthur tinha uma ideia diferente na cabeça. Para ele, afinal, já não parecia um esporte que oitenta mil homens humildes fossem jogados uns contra os outros enquanto uma fração desse número, em carapaças como a couraça dos tanques, manobrava por conta dos resgates. Ele começara a dar um valor às cabeças, ombros e braços — o valor que lhes dava seu proprietário, mesmo se o proprietário fosse um servo. Merlin havia lhe ensinado a rejeitar a lógica pela qual os campos poderiam ser saqueados, os agricultores arruinados, os soldados massacrados, para que ele próprio não tivesse prejuízos para pagar o resgate, como o Coração de Leão das lendas.

O rei da Inglaterra ordenara que não haveria nenhuma pilhagem em seu tipo de guerra. Seus cavaleiros deveriam lutar, não contra os peões, mas contra os cavaleiros da Confederação Gaélica. Que os soldados lutassem entre si, se fosse o caso — já que, fora da questão dos saques, havia de fato uma verdadeira agressão para acertarem, que combatessem entre si o melhor que pudessem. Mas, quanto aos nobres, deveriam atacar os nobres dos rebeldes como se eles fossem peões e nada mais. Não deveriam aceitar nenhuma composição, não observar nenhum regra de dançarinos. Deveriam levar a guerra contra seus verdadeiros mandantes — até que eles próprios estivessem prontos para recuar da guerra, ao serem confrontados com sua face verdadeira.

Depois disso, ele sabia com certeza agora, o destino de sua vida seria lidar com todas as formas distorcidas de dignidade através da ameaça da sua Força.

Portanto, podemos bem acreditar que os homens do rei estavam realmente recolhidos na noite da véspera da batalha. Alguma coisa da visão do jovem penetrara em seus capitães e seus soldados. Alguma coisa do novo ideal da Távola Redonda que nasceria na dor, alguma coisa sobre fazer uma ação perigosa e odiosa a favor da decência — pois sabiam que a batalha seria travada com sangue e morte sem recompensas. Não ganhariam nada a não ser a consciência inegociável de terem feito o que deveriam fazer, apesar do medo — algo que as pessoas perversas degradaram muitas vezes ao chamar de glória, com excesso de sentimento, mas que era, ainda assim, glória. Essa ideia estava nos corações dos jovens que se ajoelhavam frente aos bispos representantes de Deus — sabendo que os números eram três contra um e que seus próprios corpos quentes poderiam estar frios ao pôr do sol.

Arthur começou com uma perversidade e continuou com outra perversidade. A primeira foi que não esperou pela hora que seria de bom-tom. Ele deveria ter enfileirado suas tropas em oposição às de Lot assim que tivesse acabado o desjejum, e então, aí pelo meio-dia, quando as filas estivessem adequadamente em ordem, deveria dar o sinal para começar. Depois de dar o sinal, deveria atacar com seus cavaleiros os homens da cavalaria de Lot, enquanto os cavaleiros de Lot atacavam os seus homens da infantaria, e então haveria uma magnífica matança.

Em vez disso, ele atacou de noite. Na escuridão, com um grito de guerra — uma tática deplorável e nada cavalheiresca —, caiu sobre o campo insurgente, com o sangue golpeando-lhe as veias da nuca e Excalibur dançando em suas mãos. Ele aceitara o três para um. Em número de cavaleiros, estava em absoluta inferioridade. Um único rei dos rebeldes — o rei dos cem cavaleiros — tinha em suas tropas dois terços do total do número que a Távola Redonda jamais teria. E Arthur não começara a guerra. Combatia em seu próprio território, a centenas de quilômetros dentro de suas próprias fronteiras, contra uma agressão que ele não provocara.

As tendas caíram, as tochas se acenderam, as espadas se desembainharam e o grito da batalha misturou-se com o lamento da surpresa. O barulho, a matança e os demônios da morte surgindo das chamas — que cenas já aconteceram em Sherwood, onde hoje os carvalhos se juntam para formar sua longa sombra!

Foi um começo de mestre, e foi recompensado com o sucesso. Os onze reis e seu baronato já estavam em armaduras — levava tanto tempo para vestir um nobre que, com frequência, isso era feito durante a noite. Se não fosse assim, teria sido uma vitória quase sem sangue. Em vez disso, foi uma iniciativa e a iniciativa se manteve. A cavalaria dos Antigos lutou, corpo a corpo, para abrir caminho entre o acampamento em ruínas. Conseguiram se unir em um regimento de armaduras — que ainda era várias vezes maior do que tudo que o rei poderia reunir em armadura contra eles — mas estavam desprovidos de sua costumeira proteção de peões a pé. Não houve tempo para organizar os soldados, e os que continuaram junto aos nobres estavam desmoralizados ou sem lideranças. Arthur destacou seus próprios peões, sob o comando de Merlin, para lutar a batalha de infantaria que se centrou ao redor do campo, e ele mesmo se arremeteu com sua cavalaria contra os próprios reis. Ele os pôs para correr e percebeu que deveria mantê-los em fuga. Estavam furiosamente surpresos pelo que consideravam um ultraje pessoal indigno de cavaleiros — era ultrajante ser atacado com a firme intenção de homicídio, como se um barão pudesse ser assassinado como um peão saxão.

A segunda perversidade do rei foi negligenciar os próprios peões. Essa parte da batalha, a luta racial que tinha uma certa realidade embora fosse cruel, ele deixou para as próprias raças — para a infantaria e o comando de Merlin, no campo de luta do qual os cavaleiros já estavam tentando escapar. Entre as tendas, havia três gaélicos para cada saxão, mas foram surpreendidos e ficaram em desvantagem. Arthur não lhes desejava nenhum mal em particular — concentrando sua indignação contra os líderes que haviam seduzido suas cabeças confusas — mas sabia que eles deveriam ter sua luta. Esperava que fosse vitoriosa no que se refere às suas tropas. Enquanto isso, sua questão era com os chefes — e, quando o dia amanheceu, a perversidade de sua conduta tornou-se evidente.

Os onze reis tinham reunido um simulacro de defesa de infantaria, atrás das quais esperavam os ataques. Ele deveria ter atacado essa defesa de homens aterrorizados, desferindo-lhes uma destruição completa. Em vez disso, deixou-os de lado. Galopou através da infantaria como se não fossem seu inimigo de jeito nenhum — sem mesmo se preocupar em golpeá-los — concentrando seu ataque no próprio centro armado. A infantaria, por sua vez, aceitou a clemência muito agradecida. Comportaram-se como se não fosse uma honra ter a permissão de morrer por Lothian. A disciplina, como os generais rebeldes disseram depois, não era própria da raça.

Os ataques começaram com o nascer do dia.

Em algum festival militar ou, talvez, em alguma reconstituição histórica ao ar livre, você pode ter visto um ataque de cavalaria. Se for esse o caso, sabe que "visto" não é a palavra correta. Mas ouvido — o estrondo, a tremor da terra, o fogo cerrado, o fragor das peças dos cavalos em combate! Sim, e mesmo então seria apenas em um ataque de cavalaria que você está pensando, e não de cavaleiros com suas armaduras. Imagine isso agora, com os cavalos duas vezes mais pesados que os elegantes cavalos de caça de nossos festivais noturnos, com os homens eles também duas vezes mais pesados devido às armas e aos escudos. Acrescente a música de címbalo das armaduras ressoando com os tinidos dos arreios. Transforme os uniformes em espelhos, resplandecendo ao sol, as lanças em lanças de aço. Agora as lanças se abaixam e se aproximam. A terra treme sob as patas. Atrás, entre os torrões de terra voando, as marcas dos cascos ficam impressas na terra. Não são os homens que devem ser temidos, nem suas espadas nem mesmo suas lanças, mas os cascos dos cavalos. É o ímpeto da esmagadora falange de ferro — espalhada pelo campo de batalha, sem saída, pulverizada, estrondando mais do que tambores ao martelar o chão.

Os cavaleiros da Confederação reagiram ao ultraje como puderam. Enfrentaram e deram o troco. Mas a novidade da sua situação como alvos da ferocidade, apesar de seu *status*, e também como uma grande massa sendo atacada com arrogância por um número menor do que um quarto do seu — e sendo, além do mais, atacada muitas e muitas vezes — teve um efeito no seu moral. Foram cedendo terreno frente aos ataques, em ordem mas cedendo, e se viram conduzidos até uma clareira da floresta de Sherwood — uma grande clareira como um estuário de grama com árvores de ambos os lados.

Durante essa fase da batalha houve uma demonstração de bravura por parte de vários indivíduos. O Rei Lot obteve êxito pessoal contra Sir Meliot de La Roche e contra Sir Clariance. Foi derrubado de seu cavalo por Kay e montou outra vez, mas foi ferido no ombro pelo próprio Arthur — que estava em todo lugar, com a força de sua juventude, superexcitado, triunfante.

Como general, Lot parece ter sido um militar demasiado apegado à disciplina, com um pouco de covardia. Mas era um tático, apesar de seu formalismo. Por volta do meio-dia, parece ter reconhecido que estava enfrentando um novo tipo de guerra, que requeria uma nova defesa. Os demônios da cavalaria de Arthur não estavam preocupados com resgates, isto agora estava bem claro, e estavam preparados para continuar esmagando suas cabeças contra a muralha da cavalaria até que ela se rompesse. Decidiu cansá-los. Em um rápido conselho de guerra atrás das linhas de combate, foi combinado que ele mesmo, com quatro outros reis e metade dos defensores, deveriam retirar-se ao longo da clareira para preparar sua posição. Os seis reis restantes eram suficientes para aguentar os ingleses, enquanto os homens de Lot descansavam e se reposicionavam. Então, quando a posição estivesse preparada, os seis reis da guarda avançada deveriam retirar-se para trás, deixando Lot na linha da frente enquanto eles, por sua vez, se reposicionavam.

O exército dividiu-se conforme o combinado.

Arthur encarou esse momento de divisão como a oportunidade pela qual esperava. Enviou um mensageiro a galope até as árvores. Ele tinha feito um pacto de ajuda mútua com dois reis franceses, chamados Ban e Bors — e esses dois aliados vieram da França com cerca de dez mil homens, para prestar-lhe auxílio. Os franceses estavam escondidos na floresta, de ambos os lados da clareira, como reservas. Fora em direção a eles que o Rei Arthur tentara levar o inimigo. O mensageiro galopou, houve um cintilar de armaduras entre os carvalhos cheio de folhas e a mente de Lot se deu conta da armadilha. Mas olhou apenas para um lado da clareira, de onde Bors já saía para cair sobre seus flancos, desconhecendo no momento que Ban estava do outro lado.

Os nervos de Lot começaram a entrar em colapso nessa fase. Estava ferido em um ombro, enfrentando um inimigo que parecia aceitar a morte de fidalgos como parte da guerra, e agora caíra numa emboscada.

— Oh, defendei-nos da morte e de horríveis mutilações — contam que ele disse — pois vejo bem que estamos em grande perigo de morte.

Ele destacou o Rei Carados com um grande esquadrão para enfrentar o Rei Bors, só para descobrir que um segundo mensageiro fizera surgir o Rei Ban do lado oposto. Ainda tinha a superioridade numérica, mas seu nervosismo estava agora patente.

— Ah! — ele disse para o Duque de Cambenet — agora estamos derrotados.

Contam até que ele chorou pedindo "compaixão e piedade".

O próprio Carados foi derrubado do cavalo e seu esquadrão destroçado pelo Rei Bors. Os guardas da linha de frente dos seis reis recuavam, devido aos ataques do Rei Arthur. Lot, com a divisão do Rei Morganore, virou-se para enfrentar o Rei Ban do seu lado.

Com mais uma hora de luz, a rebelião teria terminado naquele dia. Mas o sol se pôs, vindo em socorro dos Antigos, e não havia lua para continuar a batalha. Arthur suspendeu a perseguição, julgando com precisão que o inimigo estava desmoralizado e permitindo que seus homens dormissem no conforto com suas divisões, com poucas mas cuidadosas sentinelas.

Os exércitos exaustos dos inimigos, que tinham jogado dados na noite anterior, agora passaram as horas de escuridão de novo sem poder dormir, armados em conselhos. Como todos os exércitos das terras altas que alguma vez marcharam contra Gramarye, eles desconfiavam uns dos outros. Esperavam outro ataque noturno. Estavam desconsolados pelo que tinham sofrido. Dividiram-se sobre o tema da capitulação ou resistência. Já estava amanhecendo quando o Rei Lot conseguiu convencê-los de sua tática.

Por ordem sua, o que restava da infantaria deveria se espalhar como um enorme rebanho, para dispersar e salvar suas pobres pernas como pudessem. Os cavaleiros deveriam se agrupar em uma única falange e resistir aos ataques, e qualquer homem que tentasse fugir deveria ser morto no mesmo instante, por covardia.

De manhã, quase antes que se formassem, Arthur caiu sobre eles. Conforme sua própria tática, enviou somente uma pequena tropa de quarenta lanceiros para começar o trabalho. Esses homens, uma força selecionada de bravos, recomeçaram as investidas da tarde anterior. Foram em galope curto, arremeteram-se contra as fileiras, rompendo-as, para depois se reposicionarem e voltarem a atacar. O regimento atacado recuou, deprimido, desencorajado, com o espírito de luta arrasado.

Ao meio-dia, os três reis dos aliados atacaram com força plena, num golpe final. Houve o momento do entrechoque, com um estrondo como o de um trovão, o espetáculo de lanças quebradas voando no ar enquanto os cavalos davam patadas ao léu antes de caírem para trás. Houve um grito que estremeceu a floresta. Depois disso, na turfa esmagada pelos cascos, torrões de terra esmigalhados e restos de armas ofensivas, houve um silêncio antinatural. Havia pessoas cavalgando sem rumo pelo caminho. Mas já não havia vestígio organizado dos guerreiros da cavalaria gaélica.

Merlin encontrou-se com o rei, em seu caminho de volta a Sorhaute — um mago um tanto cansado e a pé. Estava vestido com a cota de malha sem mangas da infantaria, com a qual insistira em lutar. Trouxe a notícia de que os clãs dos peões tinham oferecido sua rendição.

13

Várias semanas depois, ao luar de setembro, o Rei Pellinore estava sentado no alto da falésia com sua noiva, olhando o mar. Logo estariam navegando para a Inglaterra, para se casarem. Seu braço envolvia a cintura dela e sua orelha estava pressionada sobre o topo da cabeça dela. Não tinham consciência do mundo ao redor.

— Mas Domar é um nome tão engraçado — o rei dizia. — Não consigo imaginar como você pensou nisso.

— Mas foi você quem pensou, Pellinore.

— Foi?

— Sim. Aglovale, Percivale, Lamorak e Domar.

— Serão crianças inocentes e belas — disse o rei, com fervor. — como querubins! O que são querubins?

Atrás deles, o antigo castelo brilhava contra as estrelas. Houve um fraco ruído de gritos no topo da Torre Redonda, onde Grummore e Palomides estavam discutindo com a Besta Gemente. Ela ainda estava apaixonada por sua imitação e ainda mantinha o castelo em estado de sítio — que só se rompeu por algumas horas no dia do retorno de Lot com seu exército derrotado. Fora uma surpresa para os nobres ingleses a notícia de que tinham estado em guerra com as Órcades durante todo aquele tempo, mas era tarde demais para fazer algo a respeito, já que a guerra tinha acabado. Agora, como todo mundo estava dentro do castelo, a ponte levadiça ficava permanentemente levantada, e a Glatisant sentava-se ao luar ao pé da torre, sua cabeça brilhando como prata. Pellinore recusara-se a matá-la.

Merlin chegou uma tarde, no decurso de sua viagem a pé pelo norte, levando um bornal e com um par de botas monstruosas. Tinha um aspecto lustroso, alvo e reluzente, como uma enguia se preparando para a jornada nupcial até o Mar dos Sargaços, pois o tempo de Nimue estava chegando. Mas estava distraído, incapaz de se lembrar da única coisa que deveria ter dito a seu discípulo, e ouviu o relato das dificuldades dos dois amigos com ouvido impaciente.

— Perdoe-nos — eles gritavam do topo da muralha, pois o mago ficara do lado de fora —, mas é sobre a Besta Gemente. A Rainha de Lothian e das Órcades está de muito mau humor por causa dela.

— Têm certeza que é por causa da Besta?

— Certamente, meu caro amigo. Entenda, ela nos sitiou.

— Nós nos vestimos, respeitável senhor, como um tipo de Besta, nós mesmos, e ela nos viu entrar no castelo — confessou Sir Palomides, sentindo-se péssimo. — Ah, senhor! Há sinais de uma afeição ardente. Agora, essa criatura não se afasta porque acredita que sua companheira está aqui dentro, e é muito inseguro baixar a ponte levadiça.

— É melhor vocês explicarem isso para ela. Fiquem nas ameias e expliquem a confusão.

— O senhor acha que ela compreenderá?

— Afinal, trata-se de um animal mágico. Parece possível — o mago disse.

Mas a explicação foi um fracasso — a Besta olhou para eles como se achasse que eles estivessem mentindo.

— Por favor, Merlin. Não vá embora ainda.

— Tenho que ir — ele respondeu, distraído. — Tenho que fazer alguma coisa em algum lugar, mas não consigo me lembrar o que é. Enquanto isso, devo prosseguir em minha caminhada. Devo encontrar meu mestre Bleise em Humberland do Norte, para que ele possa escrever as crônicas da batalha, e depois vamos observar um pouco as aves selvagens, e depois... bem, eu não consigo me lembrar.

— Mas Merlin, a Besta não acreditou!

— Sinto muito. — Sua voz soou vaga e perturbada. — Não posso parar. Lamento. Peça perdão à Rainha Morgause por mim, por favor, e digam que perguntei sobre sua saúde.

Começou a se preparar para girar nos calcanhares, nas preliminares para desaparecer. Nem toda a sua caminhada era feita a pé.

— Merlin! Merlin! Espere um pouco!

Ele reapareceu por um momento, dizendo com voz irritada:

— Bom, o que foi?,

— A Besta não acredita em nós. O que devemos fazer?

Ele franziu a testa.

— Psicanalisem-na — respondeu, por fim, começando a girar.

— Mas, Merlin, espera! Como vamos fazer essa coisa?

— Com o método usual.

— Mas como é? — eles gritaram, em desespero.

Ele desapareceu completamente, mas sua voz permaneceu no ar.

— Descubram quais são os sonhos dela e coisas assim. Expliquem os fatos da vida. Mas nada de muito Freud.

Depois disso, como um pano de fundo para a felicidade de Pellinore — que se recusava a se preocupar com problemas triviais — Grummore e Palomides tentaram fazer o melhor que podiam.

— Bom, você entende — Sir Grummore estava gritando — quando uma galinha bota um ovo...

Sir Palomides interrompeu para explicar sobre pólens e estames.

Dentro do castelo, no quarto real da torre quadrangular, o Rei Lot e sua consorte estavam deitados na cama de casal. O rei dormia, exausto pelo esforço de escrever suas memórias da guerra. Não tinha nenhuma razão particular para estar acordado. Morgause estava com insônia.

No dia seguinte, ela iria a Carlion para o casamento de Pellinore. Iria, como explicara a seu esposo, como uma mensageira para implorar perdão para ele. Levaria os meninos com ela.

Lot estava furioso com essa viagem e gostaria de proibi-la, mas ela sabia como lidar com isso.

A rainha saiu silenciosamente da cama e foi até sua arca. Desde que o exército voltara, tinham lhe falado sobre Arthur — sobre sua força, charme, inocência e generosidade. Seu esplendor ficara óbvio, mesmo através da inveja e das suspeitas daqueles que ele havia derrotado. Também falaram de uma moça chamada Lionore, a filha do Duque de Sanam, com quem o jovem supostamente tinha um romance. A rainha abriu sua arca na escuridão e se aproximou do raio de luar que entrava pela janela, segurando alguma coisa nas mãos. Parecia uma tira.

A tira era uma peça de magia menos cruel do que o gato preto, porém mais macabra. Chamava-se Peia — devido à semelhança com a corda com que se peavam os animais domésticos —, e havia várias delas nas arcas secretas dos Antigos. Era mais um feitiço e não uma grande magia. Morgause a cortara do corpo de um soldado que foi trazido para casa por seu esposo, para ser enterrado nas Ilhas Exteriores.

Era uma tira feita de corpo humano, cortada da silhueta de um homem morto. Quer dizer, o corte começava no ombro direito, e a faca — deslocando-se cuidadosamente por uma incisão dupla para fazer uma tira — descia direto pelo braço direito, depois ao redor das pontas de cada dedo como se seguisse as costuras de uma luva, e subia pelo lado interno do braço até o sovaco. Em seguida, descia por um lado do corpo, passando pela perna e subindo até sua junção com a outra perna, e continuando assim até completar o circuito do contorno do cadáver, no ombro onde havia começado. Era uma tira comprida.

A maneira de usar uma Peia era assim: você tinha que ir até o homem amado quando ele estivesse dormindo. Então, tinha que passá-la por sua cabeça, sem despertá-lo, e amarrá-la com um laço. Se ele acordasse enquanto você estivesse fazendo isso, morreria dentro de um ano. Se não acordasse até a operação terminada, estaria destinado a se apaixonar por você.

A Rainha Morgause parou por um momento sob o luar, passando a tira entre os dedos.

Os quatro meninos também estavam despertos, mas não estavam em seu quarto. Tinham escutado nas escadas durante o jantar real, portanto sabiam que iriam para a Inglaterra com a mãe.

Eles estavam na pequena Igreja dos Homens — uma capela tão antiga como a cristandade nas ilhas, embora tivesse pouco mais do que seis metros quadrados. Fora construída com pedras sem argamassa, como a grande muralha da fortaleza, e a luz da lua penetrava pela única janela sem vidro, iluminando o altar de pedra. A pia de água-benta, na qual o raio do luar incidia, fora escavada na própria pedra e tinha uma tampa cortada de uma lasca, para combinar.

Os meninos das Órcades estavam ajoelhados no lar de seus ancestrais. Estavam orando para serem leais a sua amada mãe, serem dignos do feudo da Cornualha como ela lhes ensinara — e para que nunca se esquecessem da brumosa terra de Lothian onde reinavam seus pais.

Do lado de fora da janela, a lua fina estava parada no céu profundo, como a faca que afia a unha do dedo para a magia e, contra o céu, o cata-vento do corvo com a flecha no bico apontava a seta para o sul.

14

Felizmente, para Sir Palomides e Sir Grummore, a Besta Gemente compreendeu seu problema, no último momento, antes da cavalgada sair — caso contrário eles teriam que permanecer nas Órcades e perder o casamento. Mesmo assim, tiveram que ficar despertos a noite toda. Ela só tomou consciência de maneira repentina.

O inconveniente foi que ela transferiu sua afeição ao bem-sucedido analista — Palomides — como acontece com frequência na psicanálise — e agora recusava-se a ter qualquer interesse por seu antigo senhor. O Rei Pellinore, não sem alguns suspiros pelos bons velhos tempos, foi obrigado a renunciar a seus direitos sobre ela para o sarraceno. É por isso que, embora Malory diga claramente que só um Pellinore pode capturá-la, nós sempre a encontraremos sendo perseguida por Sir Palomides nas partes finais da *Morte de Arthur.* De qualquer maneira, pouca diferença faz saber quem poderia pegá-la, porque nunca ninguém o fez.

A longa marcha rumo ao sul, em direção a Carlion, com liteiras balançando e a escolta montada correndo com bandeirolas ao vento, foi emocionante para todos. As próprias liteiras eram interessantes. Consistiam em carretas comuns com um tipo de mastro com bandeiras de cada lado. Entre os mastros, estava pendurada uma rede, na qual quase não se sentiam os solavancos. Os dois cavaleiros cavalgavam atrás do transporte real, deliciados por poderem sair do castelo e comparecer ao matrimônio, depois de tudo. São Toirdealbhach seguia atrás com Mãe Morlan, porque seria um casamento duplo. A Besta Gemente vinha no final, de olho em Palomides, temendo ser deixada para trás mais uma vez.

Todos os santos saíram de suas covas para vê-los passar. Dos penhascos, botes, montanhas, pântanos e montes de conchas, todos os Fomorianos, Fir Bolg, Tuatha de Danaan, Povos Antigos lhes acenavam sem nenhuma desconfiança. Todos os cervos vermelhos e unicórnios enfileiraram-se no alto das montanhas para se despedir. As andorinhas-do-mar, com suas caudas bifurcadas, vieram do estuário, soltando guinchos como se tentassem imitar uma cena de embarque pelo telégrafo; os trigueirões de peito branco e calandrinas esvoaçavam ao lado deles, de uma moita de urzes a outra; no ar, as águias, os falcões-peregrinos, corvos e gaviões descreviam círculos sobre eles; a fumaça da turfa os seguia como se ansiosa por se enroscar uma última vez na ponta de suas narinas; as pedras funerárias e os subterrâneos e fortes alcantilados exibiam sua construção pré-histórica sob o resplendor da luz do sol; a truta do mar e o salmão levantaram as cabeças reluzentes para fora da água; os vales estreitos, montanhas e encostas cobertas de urzes da região mais bela do mundo uniram-se ao coro geral, e a alma do mundo gaélico disse aos meninos na mais sonora de suas vozes encantadas: "Não se esqueçam de nós!".

Se a marcha foi emocionante para os meninos, as glórias metropolitanas de Carlion foram capazes de lhes tirar a respiração. Ali, ao redor do castelo do rei, havia ruas — não apenas uma única rua — e castelos de barões dependentes e monastérios, capelas, igrejas, catedrais, mercados, casas de mercadores. Havia centenas de pessoas nas ruas, todas vestidas de azul ou vermelho ou verde ou outra cor viva, com cestas de compras nas mãos, ou conduzindo gansos sibilantes à frente, ou se apressando de um lado para o outro com a libré de um grande senhor. Sinos tocavam, relógios batiam nos campanários, estandartes flutuavam — até que todo o ar ao redor deles parecia estar vivo. Cachorros e asnos e palafréns ajaezados e padres e carroças de fazenda — cujas rodas chiavam como no dia do julgamento — e tendas que vendiam dourados pães de mel, e lojas onde exibiam as melhores peças de armaduras da última moda. Havia mercadores de seda, especiarias e joias. As lojas tinham tabuletas de madeiras com anúncios pintados, como as tabuletas das tavernas que vemos hoje. Criados se embebedavam na porta das lojas de vinhos, e velhas senhoras pechinchavam ovos, e ambulantes rústicos carregavam gaiolas de falcões para vender, e havia regedores imponentes com cordões de ouro, e lavradores de pele bronzeada com quase nenhuma roupa exceto alguns pedaços de couro, e galgos na correia, e estranhos homens orientais vendendo papagaios, e damas bonitas andando com passos miúdos e chapéus cônicos com véus esvoaçando desde o topo, e talvez um pajem em frente a ela carregando um livro de orações se ela estivesse indo para a igreja.

Carlion era uma cidade cercada por muralhas, portanto toda essa agitação era cercada por ameias que pareciam existir desde sempre. A muralha tinha torres a cada duzentos metros e também quatro grandes portões. Quando a pessoa se aproximava da cidade pela planície, podia ver as torres do castelo e as agulhas das igrejas brotando da muralha em blocos — como flores crescendo em um vaso.

O Rei Arthur estava encantado por ver outra vez seus velhos amigos e saber do noivado de Pellinore. Ele foi o primeiro cavaleiro por quem teve um carinho especial, quando era menino na Floresta Sauvage, e decidiu dar a seu querido amigo uma festa de casamento de esplendor sem igual. A Catedral de Carlion foi reservada, e não se poupou trabalho para que todos se divertissem. A grande missa pontifícia nupcial foi celebrada por tal constelação de cardeais e bispos e núncios que parecia não haver parte da imensa igreja que não estivesse colorida de roxo e púrpura e incenso e meninos tocando campainhas de prata. Às vezes, um menino se aproximava às pressas de um bispo e tocava a campainha a sua frente. Outras vezes, um núncio se precipitava sobre um cardeal e o incensava de cima abaixo. Era como uma batalha de flores. Milhares de candelabros brilhavam frente aos maravilhosos altares. Em todas as direções, os dedos grossos, habituados, santos, espalhavam-se como toalhas de mesa, ou seguravam os livros, ou abençoavam um ao outro cuidadosamente, ou molhavam um ao outro com água-benta, ou reverentemente mostravam Deus ao povo. A música era celestial, tanto gregoriana quanto ambrosiana, e a igreja estava apinhada. Havia monges, frades e abades de todas as ordens, de pé com suas sandálias entre cavaleiros cujas armaduras brilhavam à luz das velas. Havia até um bispo franciscano, vestido de cor cinza, com um chapéu encarnado. As capas e mitras sacerdotais eram quase todas de tecido de ouro sólido incrustado de diamantes, e era um tal de colocá-las e tirá-las que toda a catedral farfalhava. Quanto ao Latim, era falado com tal rapidez que os caibros dos telhados zumbiam com os plurais dos genitivos — e houve um tal fluxo de admoestações, exortações e bênçãos de prelados que era um espanto toda a congregação não ter ido imediatamente dali direto para o céu. Até o Papa, que estava tão convencido quanto qualquer outro que a coisa deveria ter suas regalias, gentilmente enviara um número de indulgências para todos de quem conseguiu se lembrar.

Depois da cerimônia do matrimônio, aconteceu a festa. O Rei Pellinore e sua rainha — que estiveram de mãos dadas durante toda a cerimônia prévia, com São Toirdealbhach e Mãe Morlan atrás deles, completamente aturdidos com as luzes de velas, o incenso e as aspersões — foram levados para o lugar de honra e servidos pelo próprio Arthur, de joelhos dobrados. Pode-se imaginar como Mãe Morlan estava encantada. Havia torta de pavão, gelatina de enguias, creme Devonshire, toninha ao caril, salada de frutas gelada e duas mil travessas de acompanhamentos. Houve discursos, canções, brindes e copos cheios até a borda. Um mensageiro especial veio a toda velocidade de Humberland do Norte e entregou sua mensagem aos noivos. Dizia: "Os melhores cumprimentos de Merlin ponto. O presente está debaixo do trono ponto. Carinho para Aglovale, Percivale, Lamorak, Dornar".

Quando a excitação por causa da mensagem se acalmou e o presente de casamento foi encontrado, alguns jogos de salão foram imediatamente preparados para os membros jovens da festa. Nesses, um jovem pajem da criadagem do rei se sobressaía. Era o filho de um aliado de Arthur em Bedegraine — o Rei Ban de Benwick — e seu nome era Lancelot. Houve abocanhe-a-maçã, jogo de malha, balancê e uma peça de fantoches chamada *Mac e os pastores*, que fez todo mundo rir. São

Toirdealbhach desgraçou-se a si mesmo ao atordoar um dos bispos mais gordos com sua clava, durante uma discussão sobre uma bula papal chamada *Laudabiliter.* Finalmente, já bem tarde, a festa terminou depois de uma execução emocionante de *Auld Lang Syne.* O Rei Pellinore estava se sentindo indisposto, e a nova Rainha Pellinore o colocou na cama, explicando que ele estava sobre-excitado.

Bem distante dali, em Humberland do Norte, Merlin pulou da cama. Ele havia saído ao alvorecer para observar as aves selvagens e voltara ao pôr do sol, muito fatigado. Mas de repente, em seu sono, ele se lembrou — uma coisa tão simples! Era o nome da *mãe* de Arthur que esquecera de mencionar em sua confusão! Ali tinha ficado ele, jogando conversa fora sobre Uther Pendragon e a Távola Redonda e batalhas e Guenevere e espadas embainhadas e coisas passadas e coisas futuras — mas se esquecera da coisa mais importante de todas.

A mãe de Arthur era Igraine — a mesma Igraine que foi capturada em Tintagil, aquela sobre a qual os meninos das Órcades conversavam na Torre Redonda no começo deste livro. Arthur fora concebido na noite em que Uther Pendragon irrompeu em seu castelo. Como, naturalmente, Uther não podia desposá-la até que ela saísse do luto pelo duque, o menino nascera cedo demais. Foi por isso que Arthur foi levado para longe, para ser criado por Sir Ector. Ninguém sabia para onde ele fora enviado, exceto Merlin e Uther — e agora Uther estava morto. Nem mesmo Igraine nunca soube.

Merlin ficou indo e vindo, descalço, pelo chão gelado. Se ao menos girasse imediatamente até Carlion, antes que fosse tarde demais! Mas o velho estava cansado e confuso com sua visão de trás para frente, e os sonhos estavam em todos os seus miolos. Pensou que poderia fazer isso de manhã logo cedo — não sabia ao certo se estava no futuro ou no passado. Estendeu cegamente as mãos cobertas de veias para a cama, a imagem de Nimue já tecendo a si mesma em seu cérebro sonolento. Caiu na cama. A barba foi para baixo da coberta, o nariz enfiou-se no travesseiro. Merlin dormiu.

O Rei Arthur sentou-se no Grande Saguão, que agora estava vazio. Alguns de seus cavaleiros favoritos estiveram tomando o último drinque com ele, mas agora estava só. Tinha sido um dia cansativo, embora estivesse na plena força de sua juventude, e ele encostou a cabeça contra o espaldar do trono, pensando nos acontecimentos do matrimônio. Desde que se tornara rei ao tirar a espada da pedra, praticamente esteve o tempo todo em combates, e a ansiedade dessas campanhas tinham amadurecido sua extraordinária figura. Finalmente, tudo indicava que poderia ter paz. Pensou nas alegrias da paz, em se casar um dia como Merlin profetizara e ter um lar. Com isso, pensou em Nimue e depois em alguma mulher bonita. Adormeceu.

Acordou com um sobressalto e viu uma beldade de cabelos negros, olhos azuis à frente dele, com uma coroa. Os quatro meninos selvagens do norte estavam atrás da mãe, tímidos e desconfiados, e ela segurava uma tira.

A Rainha Morgause das Ilhas Exteriores estivera distante das festividades de propósito — escolhera seu momento com o mais extremo cuidado. Era a primeira vez que o jovem rei a via, e ela sabia que estava com sua melhor aparência.

É impossível explicar como essas coisas acontecem. Talvez a Peia tivesse uma força em si. Talvez porque a rainha tinha o dobro de sua idade, portanto, o dobro do poder de suas armas. Talvez porque Arthur sempre fora um homem simples, que facilmente considerava as pessoas pelo valor que elas mesmas se davam. Talvez porque nunca conhecera sua própria mãe, e assim o papel do amor de mãe, já que ela estava ali com os filhos atrás, colocou-o entre a espada e a parede.

Seja qual for a explicação, a Rainha do Ar e das Sombras teve um filho com seu meio-irmão nove meses mais tarde. Chamou-se Mordred. E isto, como Merlin desenhou mais tarde, foi o que o mago chamou de seu *pied-de-grue*.*

* Em francês no original: *pedigree*, árvore genealógica. [N. T.]

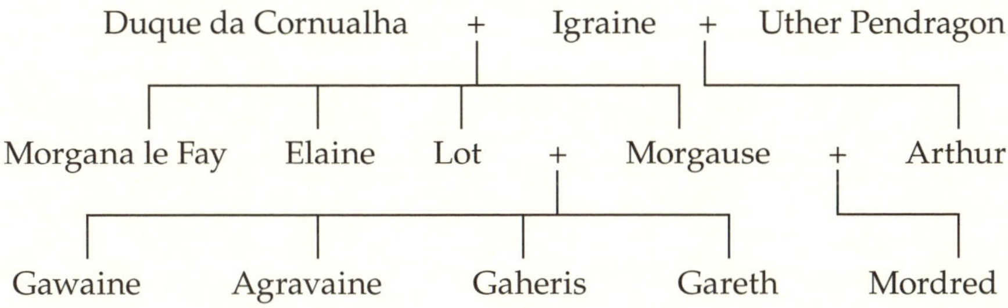

Mesmo se tiver que lê-la duas vezes, como alguma coisa em uma lição de história, saiba que esta árvore genealógica é uma parte vital da tragédia do Rei Arthur. Foi por isso que Sir Thomas Malory chamou seu longo livro de *Morte de Arthur.* Embora nove décimos da história pareça ser sobre justas de cavaleiros e buscas pelo Santo Graal e coisas desse tipo, a narrativa é um todo e trata das razões pelas quais o jovem fracassou no final. É a tragédia, a completa e aristotélica tragédia do pecado regressando a casa para repousar. É por isso que devemos prestar atenção na linhagem de Mordred, filho de Arthur, e lembrar, quando chegar a hora, que o rei dormiu com sua própria irmã. Ele não sabia que estava fazendo isso, e talvez tenha sido por culpa dela, mas parece que, nas tragédias, a inocência nunca é suficiente.

EXPLICIT LIBER SECUNDUS

Apêndices

A OBRA

A saga do homem em busca de sua melhor natureza

O único e eterno rei, de T. H. WHITE é considerado em todo o mundo o mais completo e original relato da saga imortal do Rei Arthur — a "Bíblia" da legenda arturiana. Sua publicação, há pouco mais de meio século, formulou a visão que todas as gerações subsequentes fizeram, e fazem, do mito arturiano — mito que, antes de White, era objeto quase exclusivo do estudo acadêmico. Todas as releituras e reelaborações posteriores a *O único e eterno rei*, sejam literárias (como *As brumas de Avalon*), cinematográficas [o musical *Camelot*, o desenho animado *A espada era a lei*, de Walt Disney] ou teatrais, bem como uma infinidade de ensaios e teses sobre o tema, têm como referência primeira a grande obra de White. *O único e eterno rei* influenciou diretamente, também, o desenvolvimento dos dois grandes ciclos épicos da literatura britânica do pós-guerra, *Narnia* e *O senhor dos anéis*, imaginados e escritos por C. S. Lewis e J. R. R. Tolkien, respectivamente.

White recria a saga épica do Rei Arthur, de sua educação e experiências de infância até o momento de sua morte, com o *insight* psicológico e social dos quais, obviamente, careciam os primeiros relatos da lenda, que remontam ao princípio do segundo milênio. O ponto de partida para *O único e eterno rei* é o romance *Le morte d'Arthur*, de Sir Thomas Malory (1407-1471), a primeira compilação, em uma narrativa linear, dos relatos esparsos, orais e escritos, que até então compunham a legenda arturiana. White é fiel, em seu relato, às linhas gerais da narrativa de Malory, e lhe dá um detalhamento quase impressionista, a que acrescenta sentidos e valores. Ele escreveu a obra enquanto a Europa submergia nos conflitos da Segunda Guerra Mundial, e quis aproximar a leitura da saga à compreensão daqueles tempos tumultuados e insanos. Para tal usou largamente, e com desenvoltura de poucos antes dele, dos recursos do anacronismo, que lhe permitiram inserir conceitos e conhecimentos contemporâneos e acrescentar à narrativa original histórias e personagens de outras eras, que se mesclam para aprofundar suas próprias lendas e aquela na qual se encontram como convidados.

É o tom contemporâneo, que White consegue antes de tudo com o uso dos anacronismos, que dá a *O único e eterno rei* o tom de romance moderno, baseado em um mito e ao mesmo tempo desmitificador. E é o que ajuda o leitor a se identificar com a história, em vez de colocá-la estritamente no âmbito e no contexto do período arturiano. O recurso do anacronismo é usado logo no começo de *A espada na pedra*, o primeiro dos cinco volumes da saga, com o propósito de estabelecer de imediato perante o leitor o tom que o relato terá. Em um encontro entre Sir Ector e Sir Grummore (à pág. 11), White coloca os personagens bebendo vinho do Porto e referindo-se a uma tradicional escola britânica, Eton, para esclarecer em seguida, pela voz do narrador (o autor, ainda que não se explicite, é o narrador, uma evidência proposital em todo o livro):

> "Não era exatamente Eton que ele queria dizer, pois o Colégio da Sagrada Maria só seria fundado em 1440, mas a um lugar do mesmo tipo. Também, estavam bebendo hidromel e não Porto, mas mencionar o vinho moderno dá uma ideia melhor."

O único e eterno rei é o livro central em toda a extensa obra do autor, e aquele em que procura respostas para as questões do mundo moderno. O anacronismo é aí novamente a ferramenta de busca: White expõe e relaciona a vida de Arthur aos problemas do mundo moderno para esgrimir teses e antíteses. Ainda em *A espada na pedra* (à pág. 250), Merlin e Wart conversam sobre as artes da cavalaria e Wart expressa o desejo de que Deus lhe permita enfrentar todo o mal do mundo em sua própria pessoa; Merlin contrapõe-se à afirmação dizendo que seria extremamente pretensioso da parte dele, e o levaria à destruição. Merlin faz mais que um contraponto — faz uma profecia —, e o autor faz um pronunciamento: diz pela voz de Merlin e pelo destino de Arthur que a sociedade não pode ser governada apenas pelo poder. Stephen Dunne, estudioso inglês de sua obra, diz que o universo mitológico arturiano segundo White não propõe uma representação fugidia do real, mas "ainda é o mundo como nós o conhecemos". Infelizmente, ele acrescenta.

T. H. White também consegue evitar a monotonia de fazer a mera recriação da lenda arturiana, com a adição de personagens criados por ele e outros, que toma emprestado de outras lendas. A personagem do Rei Pellinore é exclusiva de *O único e eterno rei,* e uma adição à narrativa e ao elenco de Malory. As muitíssimas aventuras de Wart, o menino que se tornará o Rei Arthur, também são itens agregados, e sempre convergem para o tema da formação do indivíduo — aliás, muitos estudiosos apontam o tema da educação como o pilar básico na estrutura da obra.

A educação de Wart dá a White todos os pretextos de que necessita para discorrer sobre o tema do aprimoramento da natureza humana. Foi esse discurso subjacente que fez de sua versão da lenda de Arthur a mais tocante para o leitor moderno. É sua voz e sua tese central que se fazem ouvir na breve e poderosa alocução de Merlin à pág. 252 de *A espada na pedra*:

"A melhor coisa a fazer quando se está triste é aprender algo. Essa é a única coisa que nunca falha. Você pode ficar velho e trêmulo em sua anatomia, pode passar a noite acordado escutando a desordem de suas veias, pode sentir saudades de seu único amor, pode ver o mundo a seu redor ser devastado por lunáticos malvados ou saber que sua honra foi pisoteada no esgoto das mentes baixas. Só há uma coisa para isso: aprender. Aprender por que o mundo gira e o que o faz girar. Essa é a única coisa da qual a mente não pode jamais se cansar, nem se alienar, nem se torturar, nem temer ou descrer, e nunca sonhar em se arrepender. Aprender é o que lhe resta."

Essa extraordinária lição ficou durante mais de meio século inacessível aos brasileiros; agora, toda a sabedoria de *O único e eterno* rei chega até nós na mais bela edição da obra em todo o mundo, inteiramente ilustrada por ALAN LEE e na magnífica tradução de uma das melhores escritoras da língua portuguesa. MARIA JOSÉ SILVEIRA.

OS PROTAGONISTAS

Uma linhagem perene no imaginário universal

O Rei Arthur é a personagem principal de *O único e eterno rei,* e o centro emocional de todo o ciclo. O romance acompanha a vida de Arthur do começo ao fim, e os principais eventos de sua vida conformam toda a história. Arthur é o filho do Rei Uther Pendragon e de Igraine, uma rainha Orkney. Ele resulta do rapto e da sedução de Igraine por Uther; é entregue por Merlin, que depois virá a ser seu tutor, a Sir Ector, que irá criá-lo junto ao seu filho Kay no Castelo da Floresta Sauvage. Depois de tornar-se rei, as ideias de Arthur sobre governo reconfiguram a sociedade do reino, e essas mudanças determinam a trama, a cronologia e o cenário dos cinco volumes que compõem a obra. O próprio título do ciclo determina que, embora a história termine com Arthur, ele será sempre o supremo líder de seu povo. Apesar de sua extraordinária importância para o romance, T. H. White faz do Rei Arthur uma personagem bastante descomplicada, qualidade que foi objeto eventual de críticas: o Arthur de White não é um guerreiro glorioso, mas um formidável administrador e reformador político. Quando criança, Arthur (então chamado Wart) é honesto, confiável, modesto e tem bom coração; como rei, ele preserva tais qualidades. O Rei Arthur marca seu governo por uma nova e importante filosofia que o faz um grande rei, mas suas ideias são basicamente as de Merlin. O que o torna excepcional é sua fé absoluta nas ideias que discute com o tutor e o fato de ser capaz de invocá-las e aplicá-las quando se torna rei.

Arthur desenvolve uma sábia consciência ao longo dos cinco volumes da obra, mas esse desenvolvimento é gradual e sua natureza básica nunca é drasticamente alterada. Um benevolente otimismo não permite que reconheça de imediato o evidente envolvimento entre Lancelot e Guenevere; mais tarde, a mesma benevolência faz com que ele os convença a manter seu caso em segredo. Arthur envelhece e torna-se mais sábio, mas continua incapaz de agir de forma áspera com aqueles que ama, não importa o quanto eles o tratem mal. Em certo sentido, é a simplicidade e a séria cautela de Arthur que levam à queda de seu reino. Embora a causa direta para sua tragédia seja seu caso incestuoso com Morgause, sente-se que Camelot também está perdida porque estagnou-se. A energia e o progresso do primeiro período do reinado Arthur diminui e cessa, Camelot corrompe-se, e não sobrevive.

Lancelot é o protagonista do terceiro volume, O *cavaleiro imperfeito*, e o maior dos cavaleiros na companhia da Távola Redonda. É também o melhor amigo de Arthur, mas um amigo complexo e cheio de contradições. Lancelot é igualmente o oposto de Arthur, porque embora esteja sempre apto a se colocar rapidamente em ação, raramente usa essa habilidade para fazer do mundo um lugar melhor. A feiúra de Lancelot lhe dá a sensação de que ele pouco vale, um sentimento de inadequação que se manifesta muito cedo, mas essa baixa autoestima tem sua exata e oposta correspondência no talento impressionante, quase sobrenatural, que demonstra nas lides da cavalaria. A facilidade com que Lancelot conquista todas as glórias possíveis a um cavaleiro, aliada a um lancinante senso de inferioridade, é a fonte de suas contradições internas e de comportamento. O Golum de Tolkien deve muito à forma como White desenvolveu a personagem de Lancelot. Ele é a um só tempo religioso e voluptuoso, quieto e exaltado, manso e violento. E é simultaneamente o melhor amigo e o traidor de Arthur.

A Rainha Guenevere é a terceira figura no triângulo amoroso que domina a segunda metade do romance. Ela é bonita, mas ciumenta, egoísta, caprichosa e rasa. Guenevere é capaz de expressar um amor genuíno e profundo, como o que sente por Arthur e Lancelot, mas enquanto a culpa de Lancelot sobre seu envolvimento amoroso adquire proporções épicas e ameaça destruí-lo, qualquer culpa que sinta Guenevere sobre o caso vem depois de sua brutal necessidade de estar fisicamente com Lancelot. Ela mal se preocupa em esconder o envolvimento, e a certa altura fica visivelmente excitada com a possibilidade de reunir-se a Lancelot diante de Arthur. Ao envelhecer, Guenevere tenta desesperadamente permanecer jovem e bela. Ela é uma personagem central, mas é mais importante pela forma como os outros se sentem a seu respeito do que pelo que faça ou sinta. O romance *As brumas de Avalon* surge da percepção dessa visão essencialmente masculina que norteia o relato de *O único e eterno rei*, e vai compor a mesma saga do ponto de vista de suas personagens femininas.

Merlin é um mago que já viveu no futuro, portanto sabe o que vai acontecer a seguir. Merlin é tutor e amigo de Arthur, sua consciência, e a criação da Távola Redonda e de um reino mais civilizado por Arthur deve-se largamente a sua influência. Embora poderoso, Merlin é também muito gentil — e ligeiramente fora de centro. Depois de raptado por uma bruxa chamada Nimue, no segundo volume, só irá reaparecer no quinto volume da saga.

PERSONAGENS DESTE VOLUME

A busca de justiça e ordem no reino dos conflitos

Morgause — Meia-irmã de Arthur, irmã de Morgana, filha do Conde da Cornuália e de Igraine, mãe de Arthur. Ela é também uma feiticeira, esposa de Lot, e mãe dos irmãos das Órcades. Seduz Arthur com magia e o produto dessa união é Mordred.

Gawaine — O filho mais velho de Morgause, líder dos irmãos das Órcades, cruel, chovinista, algumas vezes é amigo e em outras inimigo de Arthur. Tornou-se um dos cavaleiros da Távola Redonda, voltando-se contra Arthur devido ao seu ódio contra Lancelot. Morre devido a um golpe na cabeça, no fim da história.

Agravaine — Filho de Morgause; vive confuso em relação à sexualidade materna e é violento e beberrão.

Meg — Cozinheira que os filhos de Morgause empregam na captura de um unicórnio que darão de presente a sua mãe.

Rei Lot — O rei das Órcades; marido de Morgause e pai de seus filhos, à exceção de Mordred. Ele não é nada mais que um peão de manobra na luta da mulher pela destruição de Arthur. É acidentalmente morto em uma justa contra Pellinore, o que desencadeia um ciclo de vingança entre os filhos de Lot e os filhos de Pellinore.

São Toirdealbach — Um santo caído que vive próximo aos filhos de Morgause; é um velho dado à bebida que conta histórias muito divertidas e atua como mentor dos meninos, esquecidos por seus pais.

Mãe Morlan — Mulher de São Toirdealbach.

Piggy (Rainha de Flandres) — Mulher de Pellinore e mãe de vários cavaleiros da Távola Redonda.

Palomides — Cavaleiro sarraceno que acompanha Pellinore e Grummore às ilhas Órcades. Os três vivem juntos grandes aventuras, a maior parte delas cômicas e relacionadas à captura da Besta Gemente. Depois da morte de Pellinore, Palomides toma seu lugar na busca da Besta.

Mordred — Produto da união (para ele, involuntária) de Morgause e Arthur. Morgause o cria sozinho e em amarga distância de Arthur. Mordred aparece no final deste volume, e será personagem importante dos próximos.

A **Távola Redonda** — Arthur concebe a Távola Redonda em *A rainha do ar e das sombras* como manifestação divina de bravura e de justiça. Ao longo da saga, a Távola Redonda é a manifestação física do senso arturiano de decência e ordem. A mesa dos cavaleiros é projetada para que os nobres não disputem posições, livres de uma cabeceira que defina quem é o melhor.

PLANO DA OBRA

As cinco etapas da eternidade

Esta primeira edição brasileira de *O único e eterno rei* terá cinco volumes, conforme a primeira edição original inglesa. Seus títulos e sinopses são os seguintes.

PRIMEIRO VOLUME

A espada na pedra

Apresenta a educação do jovem Arthur, aqui apelidado Wart, sob o teto de seu tutor, Sir Ector, e introduz a figura de seu grande guia da vida inteira, o mago Merlin. O livro de maior apelo entre jovens de toda a saga.

SEGUNDO VOLUME

A rainha do ar e das sombras

Introduz a rainha má Morgause e seus filhos Gawaine, Agravaine, Gaheris e Gareth. A bruxa é filha do Conde da Cornualha e de sua esposa Igraine, com quem o Rei Uther Pendragon tem um filho — que será o Rei Arthur. Morgause é, portanto, meia-irmã de Arthur — a quem enfeitiçará, seduzirá e de quem terá um filho, Mordred.

TERCEIRO VOLUME

O cavaleiro imperfeito

Apresenta o segundo grande protagonista da saga, Lancelot, o cavaleiro feio, sério e religioso que ainda muito jovem treina na França na esperança de ser introduzido à corte de Arthur. O rei manda chamá-lo à Inglaterra, e Lancelot apaixona-se à primeira vista pela mulher de Arthur, a Rainha Guenevere, a terceira grande protagonista da saga. O caso de amor entre os dois é o cerne do ciclo arturiano. Aqui também começa a procura do Santo Graal, em que Arthur empenha todos os seus cavaleiros.

QUARTO VOLUME:

A chama ao vento

O livro da vingança de Morgause e seus filhos — Mordred, especialmente — contra Arthur, Lancelot e Guenevere. O rei estabelece no reino um sistema de justiça que Mordred usará contra o próprio Arthur: ao flagrar Lancelot e Guenevere no ato do amor, ele estabelece sem qualquer dúvida a traição da rainha. O livro se encerra na guerra desesperada de pai contra filho e apresenta as ideias de Bem e Mal segundo a moral arturiana.

QUINTO VOLUME:

O livro de Merlin

Merlin retorna, volta a estar ao lado de Arthur e o reconduz aos dias mais felizes, quando ele visitava as formigas e os pássaros pela magia do tutor. Mergulhado nessa paz que lhe dá a volta à inocência, Arthur propõe uma trégua a Mordred — mas o destino intervém, e vemos o fim de Arthur, Lancelot, Guenevere e de uma era. Vemos também o futuro, e este está cheio de esperança. Esse livro é, além de uma obra-prima literária, um poderoso apelo contra as guerras.

O AUTOR

O falcoeiro solitário

Terence Hanbury White nasceu em 1906 em Mumbai (ex-Bombaim), Índia, de pais britânicos. Foi educado no Cheltenham College, na Inglaterra, e no Queen's College, em Cambridge, onde se formou como primeiro da classe. White viveu uma vida solitária, e fora um ou outro dos poucos amigos no mundo literário e acadêmico, seus únicos companheiros foram seus animais. White ficou especialmente abalado quando seu cão Brownie, um *setter* vermelho, morreu depois de 14 anos de fiel amizade. White fez uma única tentativa de se casar, mas sem real afeição por sua noiva — que acabou por romper com ele antes do casamento.

Depois de formado, White passaria a lecionar em várias escolas preparatórias inglesas. Escreveu poesias, livros sobre caça e outros esportes e inclusive histórias de detetive, mas seu primeiro livro de algum sucesso foi uma autobiografia precoce chamada *England have my bones*, lançada em 1936. Depois de 1950 ele viria a viver tranquilamente da renda de seus livros, particularmente dos quatro que compunham inicialmente a saga *O único e eterno rei* (*O livro de Merlin* só seria descoberto e agregado aos outros quatro depois de sua morte), e dedicou-se inteiramente a escrever. Quando não trabalhava, White exercia apaixonadamente a falcoaria; foi ainda piloto de aviões, marinheiro, pescador e um *scholar* dedicado aos textos medievais. Foi nesta competência que ele começou a estudar a legenda arturiana. Ele faria em *O único e eterno rei* sua própria interpretação dos muitos e esparsos relatos de que tomou conhecimento nesses estudos.

A espada na pedra apareceria em 1938; *A bruxa da floresta*, depois re-intitulado *A rainha do ar e das sombras*, em 1939; e *O cavaleiro imperfeito* em 1940. O quarto livro, *A chama ao vento*, só seria agregado aos três primeiros em 1958, e então num único volume denominado *O único e eterno rei*. O quinto volume, *O livro de Merlin*, no qual Merlin e Arthur discutem sobre o tema da guerra usando como pretexto os animais que Arthur conheceu quando criança, foi rejeitado por seu editor e só viria a ser publicado em 1977. Nos anos que se sucederam à sua publicação, todos os volumes de *O único e eterno rei* gozaram de uma popularidade que foi muito além das livrarias. White morreu em Atenas aos 57 anos, em 1964, quando estreava em todo o mundo a versão em desenho animado de Disney para *A espada na pedra*, no Brasil intitulada *A espada era a lei*.

A rainha do ar e das sombras
foi impresso em São Paulo/SP pela Gráfica Araguaia,
para a Editora Lafonte Ltda., em maio de 2013.